異世界居酒屋「げん」

蝉川夏哉

宝島社

異世界居酒屋「げん」

isekai izakaya"GEN"
presented by Natsuya Semikawa
illustration / Tsukasa Usui

蟬川夏哉 Natsuya Semikawa ／ illustration 碓井ツカサ Tsukasa Usui

料理人
榊原正太郎
勅任パン
検査官
クロヴィス・
ド・フロマン
貴族令嬢
アン・ド・
クルスタン
美食家の貴族
ラ・ヴィヨン卿
草平の娘
葦村ひなた
異世界居酒屋
「げん」
isekai
izakaya
“GEN”
の人々

流浪の少年
リュカ

「げん」の店主
葦村草平

小間物商
ミリアム

小間物商
スージー

男装の騎士
カミーユ・
ヴェルダン

カミーユの兄
クリストフ・
ヴェルダン

教会の侍祭
ジャン・ド・
ルナール

周辺地域の地図
Map of surrounding areas
蛮域
連合王国
ケルティア
北都
北方三領邦
ナ・ガルマン
西都
王都
アイテーリア
古都
帝国
帝都
王都ラ・バリシィア
東王国
オイリア
旧西王国
聖王国
ルブシア
聖都

居酒屋「げん」の関係者

葦村草平（よしむらそうへい）

居酒屋げんの店主。
腰を痛めたことと、ある理由で、店を閉めようとしていた。

葦村ひなた（よしむら）

草平の長女。
父が店を閉めると聞いて駆けつけたが……。

榊原正太郎（さかきばらしょうたろう）

ひなたの大学の先輩。
様々な場所で料理修業をしていた。

葦村奈々海（よしむらななみ）

草平の次女。
姉のひなたとは真逆の性格。
真面目なリアリスト。

大黒月子（おおぐろつきこ）

草平の元妻。
海外を飛び回るキャリアウーマン。

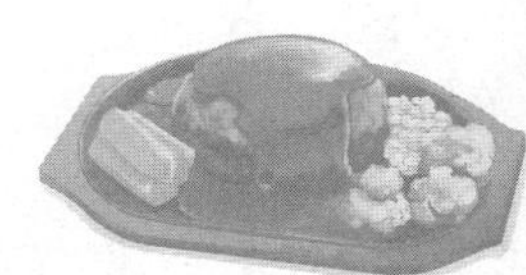

「げん」を訪れる人々

ジャン・ド・ルナール

教会で働く侍祭。
貧乏貴族の六男坊。

カミーユ・ヴェルダン

武門の誉れ高いヴェルダン家の娘。男装の騎士として王宮に奉職している。

クリストフ・ヴェルダン

カミーユの兄。
病気で長い間、臥せっていた。

アナトール・エレボス

恋多き男だが、すぐフラれる。
通称〈寝取られ男〉。

ラ・ヴィヨン卿

美食家の貴族。
辛辣な物言いだが、
美味しいものには素直。

クロヴィス・ド・フロマン

王都のパンの品質を厳しく見回っている、勅任パン検査官。

ミリアム

王都へやってきた小間物商。
痩せ型ののっぽ。

スージー

ミリアムの相棒。
小柄なぽっちゃり。

アン・ド・クルスタン

行儀の良い貴族の少女。
食の知識を豊富に持っている。

リュカ

みすぼらしい格好だが、
礼儀正しい謎の少年。

お品書き

ごろごろハンバーグ　010
再開　023
騎士の威厳　036
肉じゃが定食　050
美食家の難題　061
葦村家のこれから　071
【閑話】弓張り月　079
焼き鮭とつみれ汁　087
ホワイトアスパラガスの肉巻き　094
ひなたの特製手作りパン　102
モンブラン　114
きつねと草平　128
家族　141
【閑話】或いは一つの一目惚れ　156

少年の就職活動　165
小間物斎の二人　176
おぼろげなあの日の味　186
カミーユと奈々海とジャン　197
美食の山嶺と沃野（よくや）　209
二人の味　222
【閑話】そして榎（えのき）は残った　231
キザ男と焼き鳥のたれ　239
酒と肴と記憶と土地と　246
唐揚げ問答　254
しあわせの色々なかたち　263
アンの悩み　272
卵から生まれたもの　285
【閑話】王都の味　299
新メニュー　伏見稲荷の縁　308

ごろごろハンバーグ

「おなか、空いたなぁ」

ジャンは夜の帳（とばり）の落ちつつある王都（パリシィア）の路地を歩きながら、誰にともなく呟（つぶや）いた。

今日は朝から何も食べていない。

ちょっとしたヘマをしでかして、朝食も昼食も抜きにされてしまった。

空腹による痛みが、鳩尾（みぞおち）の辺りを鋭く突き刺す。このまま教会へ帰っても、晩餐（ばんさん）にありつくことはできないだろう。それが罰というものだ。

帰らないわけにはいかないが、帰るには気が重かった。

ジャンは聖職者の端（はし）くれである。

神に祈りを捧げる僧侶たちの手伝いをする侍祭（アコライト）は、教会の職階（ヒエラルキー）としては門番などと並んで一番低い。司祭や助祭とは異なり、教会の掃除から洗濯まで何でもこなす。

割り振られる仕事は雑用ばかり。教会を維持運営するための仕事だから文句はないが、失敗した時に食事が抜かれることだけは、勘弁して欲しい。

彷徨（さまよ）い歩いたからといって、行く宛（あて）はなかった。

俯き、石畳の模様を、意味もなく爪先でなぞる。

今日は薬草を誤って焚きつけにしてしまったことを叱られた。貴重な薬草だったというが、そもそも薬草の見分け方などジャンは習っていないのだ。

失敗したのは自分だから、叱責を受けたこと自体は理不尽だとは思っていない。

ただただ情けなくて、自身の不注意さ、不器用さに腹が立っていた。

自分が要領のよい方でないことは分かっている。

ジャンを叱責した司祭も、そんなことは重々承知しているはずで、少し頭を冷やしてこいというくらいのつもりで外へ出したのだろう。

だが、侍祭として奉仕するジャンには気分を変えるための器用さもなかった。

両親から財産を分けて貰える見込みのない貴族の三男四男が行き着く先が下位聖職者だ。要領のいい奴は小銭を稼いで楽しくやっているが、朴訥で正直者のジャンにはそんな勇気もない。

どこかの店に入って適当に食事をすればいいのだろうが、店に入る踏ん切りがつかないのだ。

「おなか、空いたなぁ」

やっぱり、帰るか。明日の朝食までベッドの中で耐えればいいだけだ。

くぅと情けなく鳴る腹はしかし、教会までの道さえ保ちそうにない。

そういえば、妙な噂を聞いた。

酔っ払った人が夜に街中で狐を見かけた、という話だ。

人口三十万を擁(よう)する東王国(オイリア)の王都の城壁の内側にも雑木林や草むら、ちょっとした果樹園はあるから、狐くらいはいるだろう。

面白いのはここからで、狐はどこかへ案内するように男の前を歩いた。

酔った男は誘われるままに狐についていき、何故か美味(うま)い酒と料理を出す居酒屋を見つけた、というのだ。

一人二人ではない。これまでにもう何人も、狐の導く居酒屋で美味(おい)しい食事にありついたらしい。

その時、ジャンの視界を一つの影が横切った。

狐だ。

まさか、噂は本当なのだろうか。

頭を過(よぎ)る疑問も、ジャンの足を止めることはできない。

ふらふらと狐のあとを追う。

どれくらい歩いただろうか。熱病に浮かされたような足取りで誘われるようにして狐のあとをついていくと、一軒の居酒屋が見えた。

営業しているのかどうかも判然としないが、中から温かな光が漏れ出ている。

見慣れない店構えだ。異国風で、ジャンには店名さえ読み取ることができない。

だが、どうしてこうも惹(ひ)きつけられるのだろうか。

店の戸に手をかけ、意を決して引き開ける。

「……らっしゃい」

明るい。

カウンターの向こうに異国人の料理人が立っている。

がっしりとしているな、とジャンは思った。それなのに、どこか温かみがある。

「腹、減ってるんだろう？」

本当は営業してないんだけどな、と壮年の料理人は手元で調理を続けながらジャンに声をかけた。

「入りな」

促されるままに、カウンター席に腰を落ち着ける。

一日中歩き通しだったからか、椅子に座った瞬間に足から力が抜けた。自分で思っていたよりも、疲れていたようだ。

店内には、美味しそうな匂いが漂っている。

ジャンの他に客の姿はない。やはり営業していなかったのだろうか。

けれども、もう入ってしまったし、腰も下ろした。腹を括るしかない。

「あ、あの！」

何か食べさせて下さい。

そう頼もうとしたジャンに料理人は背を向け、皿に何かを盛り付けはじめた。

「仕込みすぎちまったんだ。よかったら食ってきな」

ゴトリ、と皿が目の前に置かれる。

「うちの名物、ごろごろハンバーグだ」

肉だ。挽肉を捏ねて丸めて焼き、ソースをかけた料理。

それだけだというのに、どうしてこうも美味しそうなのか。

王都では、挽肉はあまり上等な肉とは見做されない。

肉は塊を切り分けて食べるものだし、半端な肉は腸詰になる。

挽肉といえばどうしても混ぜ物がしてあるという印象が付きまとうものだ。

だが、このハンバーグという料理にはそういった雰囲気は微塵も感じられない。

「鉄板が熱いから、気をつけな」

ジャンはハンバーグと、料理人の間で視線を行き来させた。

まだ熱の籠った鋳物の皿に盛りつけられたハンバーグはじゅうじゅうと音を立てている。

この無造作に出された料理を、自分は食べてもいいのだろうか。

腹は減っている。背中とお腹がくっ付きそうだ。

料理人が、顎をしゃくる。食べていいということだろう。

自分のために出された料理を断るのは礼儀に反する。けれどもジャンは罰を受けている身であり、軽々に食事の施しを受けることはできない。しかし……

濃厚な肉の香りに、思わず喉（のど）が鳴る。

理屈はどうでもいい。この匂いには抗（あらが）えない。

ジャンはフォークを手に取ると、挽肉の塊に突き立てる。

じゅわり、と肉汁が溢れるのを構わずに、口の中に放り込んだ。

「美味しい！」

口の中に芳醇（ほうじゅん）な肉汁が広がる。

こんなに肉汁の溢れる肉は、教会の晩餐会の陪食（ばいしょく）での肉料理でも口にしたことがない。

硬すぎず、柔らかすぎず……冷えた身体にこの温かさもありがたい。

そして何より、この量。

午前中から街を彷徨って極限に達した空腹で食べても、まだまだなくならない。

「……幸せだ」

思わずこぼれた呟きに、料理人の口元だけが、うっすらと笑みが浮かぶ。

しかしこの店……

不思議な店構えと食べ物。

いったい、どこの国のものだろうか。

ぼんやりとそんなことを考えながら店内を見回すと、色々見慣れないものがある。

視線を向けると、料理人がいちいちぶっきらぼうに名前だけを教えてくれた。

トックリ、オチョコ、レジスター、カミダナ……

ちなみに店主はソーヘイというそうだ。

カミダナは、異国の祭壇だろうか？　用途の分からないものもいくつかあった。

いや、今はそんなことはどうでもいい。とにかく、腹を満たしたいという欲求が腹の底からむくむくと湧き上がってきた。

ハンバーグを食べていると、猛烈にパンが欲しくなる。

いつも教会で食べているような麦飯（グリュオー）ではなく、パンでソースを拭（ぬぐ）って食べたい……

それと。

「すいません、パンか何か貰えますか？　あと……これに合うお酒も」

口を突いて出た言葉に、ジャンは自分でも驚いた。

「あ、すいません！　厚かましいことを言って！」

ソーヘイが、少し考えこむ。

「……ちょっと待ってな」

パンなら、俺の朝食用の残りでよければ余っている、とソーヘイ。

「お待ちどお」

ほどなくして、皿とグラスをソーヘイが目の前に並べてくれる。

少し温められたパンと、炭酸の入った透き通ったお酒。

炭酸の入ったお酒というと発泡葡萄酒（ヴァン・ムスー）だが、このグラスは違うようだ。

グラスを眺めていると、ソーヘイがハンバーグの上にとろりとした何かをかけまわした。

「これは?」

「チーズだ。こうすると、もっと美味くなる」

美味くなると言われてじっとしていることはできない。

フォークで切り分けるのももどかしく、口の中へと放り込む。

美味い。

ハンバーグのソースの濃い味をとろりとしたチーズが包み込み、さらに味を複雑にしている。

さらにこのハイボールで口の中に残ったハンバーグの濃厚な味わいを流し込む。

喉を通り抜けるしゅわしゅわとした炭酸の刺激と、柑橘系の仄かな香りが堪らない。

チーズや肉とは葡萄酒を合わせることが多いが、教会の下っ端に過ぎないジャンの口に入るのは所詮、安物か混ぜ物の入った紛い物ばかりだ。

料理と酒とを合わせて食べることで、美味さが増すと感じたのは、久しぶりのことだった。

まだ温かいパンをちぎり、チーズの混じったソースを拭って食べる。

鉄皿で少し焦げ付いた味が、また堪らない。

ジャンは懐の合財袋を手で弄った。

ここでの払いくらいはできるだろうか。足りなければあるだけ払って、後日改めてお金を持って来よう。

腹がいっぱいになると、気分が嘘のように晴れやかになった。

空腹の時には悩んでも堂々巡りだったものが、今では嘘のようだ。

どれだけ反省しても燃やしてしまった薬草は戻ってこない。教会へ戻って謝ろう。

それから、薬草の見分け方を教えて貰えるように頼むことも忘れないようにしなければならない。教会の人手は足りていないから、また同じような仕事を頼まれることもあるだろう。

自分が不器用で鈍くさいことに変わりはないのだから、せめて同じ失敗はしないようにする。

考えてみれば当たり前のことだ。

当たり前のことを当たり前にすることこそが、大切なのだろう。

口の中にまだ残っているハンバーグの味が、ジャンを勇気づける。

くよくよしても何も変わらないのはこれまでの人生で分かりきっているのだから、まずは少しずつ変わる努力をしよう。

そんなことを考えていると、店の裏口がガチャリと開いた。

駆け込んできたのは、王都では珍しい黒髪の女性だ。

「……あれ？　お父さん？」

◇

葦村ひなたは、走っていた。

手に持ったスマホにはまだメッセージアプリが開きっぱなしになっている。

『父さん、お店閉めるんだって』

妹からの連絡はいつも通りに素っ気なく、要件だけを簡潔に伝えていた。

居酒屋げんが、なくなる。

確かに最近は店に帰っていなかったけれども、ひなたにとってあの店は思い出の場所だ。

できる限り永く続いて欲しい。たとえそれが、今までとは違う形であっても。

けれども、心配なのは店よりも父の草平のことだった。

店をずっと一人で続けてきた父が閉業の決断をしたというのは、余程のことに違いない。

立ち仕事からくる慢性的な腰痛が原因だろうか。

愚痴を滅多に言わない草平が、腰痛だけは辛そうに零していた。

それとも、駅前の再開発で人の流れが変わって客足が遠のいたことが原因だろうか。

スマホを持ったまま走るひなたの脳裏を様々な思いが過る。

見えた。いつも通りの、変わらない裏口だ。

「お父さん！」

チャイムも鳴らさずに、飛び込んだ。

「……あれ？　お父さん？」

「おう、ひなたか」

厨房に立つ草平は、以前とまるで変わらない。

料理をすることと、料理を食べている人の笑顔が何よりも好きな父の、そのままの姿だ。

もっとひどい状態も想像していたので、一気に肩の力が抜ける。

見れば、カウンターには外国人のお客さんの姿があった。金髪碧眼だ。

「あ、お客さん？」

あまり見ない格好だが、最近はああいうのがはやりなのだろうか。ひなたがよく服を買いに行くファッションセンターでは目にした記憶がない。

「あ、そうだ！　お父さん、店閉めるって、奈々海(ななみ)から連絡が！」

妹からの「閉店する」という連絡を見て、慌ててやって来たというのに。

それがどうして店を開けて、客を入れているのだろうか。

安心するやら、拍子抜けするやらで、どういう顔をすればいいのか分からない。

店が開いていると、ひなたとしては少し困ったことも出てくるのだが。

複雑な心境のひなたを他所(よそ)に、草平は力強く笑みを浮かべた。

「おう、居酒屋げん、営業再開だ」

再開

異世界居酒屋「げん」 isekai izakaya "GEN"

先賢曰(せんけんいわ)く、失恋と二日酔いの治療法は同じである。

どちらも乗り越えるためには、時の流れか酒の力に頼る他ない。

「どうしてなんだ、マリー！」

アナトール・エレボスは慟哭(どうこく)した。

切々たる嘆きが場末の酒場に響き渡る。

周囲の客は皆ぎょっとした表情でアナトールの方を見つめるが、失恋の自棄(やけ)酒と気付いてすぐに興味をなくした。

ここは花の王都(パリシィア)、恋の都だ。恋に破れた失恋男は苺(フレーズ)の種よりも多い。

酒精(アルコール)で澱(よど)むアナトールの脳に、振られた瞬間が蘇った。

「どういうことだい、マリー……別れたいって」

「だってアナトール、あなたまた家庭教師の口しか見つからなかったんでしょう？」

それはその通りだ。言い返す言葉もない。だが、それでも愛の深さは誰にも負けないはずだ。

「悪いけど、あなたと彼じゃ勝負にならないわ」

現れた男は、金満貴族の次男坊だった。小金持ちというが、自分で稼いだ金ではない。

もちろん将来のことは考えなければならないが、それでも……

「そんな！　マリー！　僕と将来を誓い合ったじゃないか！」

マリー、待ってくれ、マリー……

「お客さん、いい加減やめときな。悪い酒だよ……」

マリーの顔が、急に場末の酒場の親爺(おやじ)のヒゲ面に変わった。

別れを切り出された庭園から、王都の場末の安酒場の壁際の席へ。

現実に引き戻されて、一気に悪酔いが進む。

「……お会計お願い(ラディッション・シルヴプレ)」

千鳥足(ちどりあし)で夜の街を歩く。

夜の王都は肌寒く、悪い酒を飲み過ぎたせいで胃がむかむかとしていた。

「俺が何をしたってんだよ」

自問するまでもなく分かっている。何をしたかではなく、何をしなかったか、だ。

もしもあの時、試験勉強をしっかりして試験に臨(のぞ)んでいれば。あるいは、早々に法服貴族の道を諦めてマリーを養(やしな)えるだけの職を見つけていれば。

考えてみても、後の祭りだった。運命(テュケー)の女神には縋(すが)りつくべき尻尾は生えていない。

その時、見慣れぬ店が視界に飛び込んできた。

◇

「お、らっしゃい」

草平は客がふらりと入ってくるのを見て、挨拶のために包丁を止めた。

「お父さん、ねぇ、聞いてる？」

後ろではひなたがさっきから何か文句を言っているが、要領を得ない。

そういえば一昨日、メッセージを送って寄越していた気がする。

誰か人を連れてくる、という話だったか。

入ってきたお客をカウンターへ落ち着かせてから、ひなたの連れてきた青年の方を見た。

一目見ただけで、誠実さと純朴さが伝わってくる。

なるほど、ひなたの趣味に合いそうな好青年だ。

「今日は人を連れてくるって言ってたでしょ！　なんで店を開けてるのさ！」

「店を見せたい、という話だっただろう。それならいつも通りに営業しているところを見せるのが一番いい」

「だいたい、店を閉めるって話は！」

その話は終わった。客が来ないのと腰が悪いのと、まぁ色々あって閉めようと思っていた。

けれども何の因果か、妙なところに店が繋がって、客が来て、美味そうに飯を食ってくれる。

それならまだ、店を続けていいんじゃないか、と思ったのだ。

「あの……」

恐る恐る客が声をかけてくる。

「お、すまんね。注文は？」

「あ、何か酒を」

既に酔ったふうではあるが、飲み直したいのだろう。その気持ちは分かる。

さっと作って出してやったのはハイボールだ。この街のお客たちの酒の好みはまだいまいちよく分からないから、無難なところを選ぶしかないのが残念だった。

「……そもそも、奈々海が教えてくれなかったら、私全然知らなかったんだよ？」

憤懣やるかたないという表情でむくれながらひなたが呟く。

だからだろうが、という言葉を草平はすんでのところで飲み込んだ。店を閉めるの閉めないという話をすれば、ひなたは絶対に大騒ぎする。

「こんな大事な話、どうして娘の私教えてくれなかったの？　お母さんはなんて言ってるの？」

「別にひなたに教えても何が変わるわけでもないだろう」

「お父さんは、いっつもそう！」

ひなたは情に篤いから、物事を決める時にどうしても感情が先に出る。閉店の話なんてすれば話が二倍にも十倍にも大きくなることは見えていた。

「ひなたちゃん、もうその辺で……」とひなたの連れの青年が止めようとする。

「いい？　今日はね！　どうせ店閉めちゃうなら、正太郎さんに『げん』を売却したらどうかって言いに来たの！」

「はじめまして。榊原正太郎と申します。小さい頃から料理人になって自分の店を出すのが夢で、今は色々なお店で修業をさせてもらっています」

漸く挨拶の機会を得たとばかりに、榊原正太郎が頭を下げた。草平も会釈を返す。

「正太郎さんなら大丈夫！　私も手伝うし、正太郎さんは料理も上手いし、お店も繁盛させられると思う。それにお父さんだって隠居して楽できるし……」

次々に並べたてる言葉は、きっとひなたが一生懸命考えてきたことなのだろう。

ここで中途半端に応じてしまうと、却ってひなたに希望を抱かせてしまうかもしれない。

「……悪いな。この店は再開することに決めたんだ」

娘の言いたいことは分かるが、敢えて突き放すように語調を強めた。

「お父さん！」

どうしていつも、とひなたが目を怒らせる。

草平は娘と娘の連れてきた青年から見えないように、小さく溜め息をついた。

「お父さんったら!」

なおも続けようとするひなたをそっと手で制する。

カウンターに座った客はさっきから不機嫌さを隠そうともしていない。

当たり前だ。

酒を飲みに入った店で親子喧嘩を延々と見せられるなんて、草平なら金を貰っても御免被る。夫婦喧嘩は犬も食わないというが、親子喧嘩はそれ以上だ。

「すみませんね」とお客に頭を下げる。

うん、とお客はジョッキに口をつけた。飲み直しに来る客は、一軒目の客より感情が激しやすいのだから、余計に注意しないといけない。げんのような居酒屋を切り盛りする知恵だ。

「あの……卵と片栗粉、いいですか?」

正太郎の申し出に、草平は頷きで返した。何か作るつもりだろう。

行平鍋を火にかけて、湯を沸かす。

料理修業をしていると言っていたが、卵を割り入れる手際はいい。草平は刻んだ葱も渡してやる。

正太郎はそれを見て、一瞬顔を綻ばせ、目礼した。

「すみません、お客さん。これ、お詫びっていうのも変なんですけど」

「……これは？」

「かきたま汁です」

お酒を飲んだ胃にはいいと思いますよ、とお客に告げる正太郎の声音は優しい。人柄だろう。

正太郎が即席で作ったかきたま汁は、なんの変哲もないかきたま汁だ。

大切なのは、客への詫びの気持ちをすぐに形にできる機転の方だった。こればかりは、五年修業しても十年修業しても、身に付かない奴には一生身に付かない。

「……あったかい」

お客が汁椀に口を付ける。

温かいかきたま汁が静かに口へ吸い込まれると共に、険しかったお客の表情がほっと和(やわ)らいだ。

きっとはじめて飲む味だろう。

温かさはどこへ行っても、人の心を柔らかくするものだ。ここに来るまでにずいぶん飲んでいたようだから、とろみのついたかきたま汁はちょうどいいだろう。

「こんなスープははじめてだ」

「騒がしくして申し訳ありませんでした」

「失礼しました……」

　正太郎とひなたが揃って頭を下げる。

「いい、いい。それより、スープを飲んだら胃が動いてきたみたいで、何か食べたいんだけど……少し腹に溜まるものを貰えるかな？」

「腹に溜まる、ですか……」

「ちょっと待ってな」

　メニューにない注文にさっと応じることができるかどうかは、居酒屋店主の腕の見せ所だ。

　お客の言っていることと、お客の求めているものが本当は違うということもある。例えば今のお客は「腹に溜まる」と言っているが、ここで重いものを出すわけにはいかない。

　人間、自分で思っているほど自分のことは分かっていないものだ。

「あ、手伝います！」

　打てば響くというのか、正太郎の反応は早かった。こういう料理人は、伸びる。

「何を作るんですか？」

「できてからのお楽しみ、だな。あ、フライパン温めておいてくれ」

　厨房での動きも悪くないな。そんなことを考えていると、正太郎が頭を下げてきた。

「……すいません」

　店のことだ。突然やって来て譲るの譲らないのと言われると驚くが、責任は彼にない。

「お前さんが謝ることじゃねぇよ。店のことだって、どうせひなたが勝手に言い出したことだろう」

「たしかに、お店を買い取ればと言い出したのはひなたちゃんです。ただ、それは自分の店を持ちたいという僕の希望を叶えようとしてくれただけなんです」

手は止めずに、話に耳を傾ける。ひなたより歳上だろうが、しっかりした青年だ。

「ひなたちゃんはああ言ってくれていますけど、お店を譲るなんて簡単なことじゃないのはよく分かっています。……だけど、あえて言わせて頂きます」

よし、できた。できあがった料理を、皿に盛る。いい出来栄えだ。

「葦村草平さん、この『居酒屋げん』を、僕に譲っていただけませんか」

真っ直ぐにこちらを見つめてくる正太郎の瞳は輝いている。

しかし。草平としては、複雑な気持ちだ。

そこは「お嬢さんを僕に下さい」じゃないのか。いや、突っ込むのは野暮なので何も言うつもりはないのだが。

◇

「お待ち。とん平焼きだ」

またアナトールの見たことのない料理が飛び出してきた。

待ったというほど待たされていない。パンかチーズか簡単なものが出てくると思っていたら、温かい料理が出てきたので、却ってありがたい。

「関東じゃあまり見ないメニューだよね」

「でしょ？ 昔、家族旅行で関西に行ったときに食べて美味しかったから、それ以来メニューに載せるようになったの」

さっきまで親と喧嘩していた若い二人は今では和気藹々と話している。

それでいい。だが、振られたまさにその晩に見せつけられるのは、目の毒だ。

「……じゃあ、遠慮なく」

ガレットのように薄く焼いた卵の中に、細切りのキャベツと肉か……キャベツの歯ごたえが残っていて、卵との触感の違いが面白い。

さっきは自分で腹に溜まるものという注文をしたが、本当にどすんと重い料理が出てきていたらきっと辟易しただろう。

スープもこのトンペイヤキというのもはじめて食べるが、まるでこちらのことを見抜いているかのように、ちょうどいいのだ。

当たり前に美味い。これは大したことだ。

気取って美味すぎるものを出されたら、興ざめする。

今日のこの気分と体調に、ぴったり合った料理。

こういうものが出てくる店というのは、本当にありがたいものだ。

「ありがとうございました！」

見送る声に背中を押されるようにして、満天の星空の下へ出る。

「はぁ……美味しかった」

はじめて飲んだスープに、はじめて食べた料理……

居酒屋を出て、料理に讃嘆の声を漏らしたのは、はじめてのことかもしれない。

世の中まだまだ知らないことだらけだ。

料理に色々あるように、女性だっていろんな女がいる。

「女なんて、星の数ほどいるんだからな！」

広がる星空に向かって叫び、アナトールはゆっくりと家路についた。

失恋の痛手は、スープの湯気のように、ふわりと消えたようだ。

◇

「満足してくれたみたいでよかった」

「お父さんの料理だもん。当たり前よ」

ひなたはどこか自慢げだ。

「それにしてもうちみたいな店に二人連続で外国人のお客さんなんてね？」

「まぁ、最近の東京の外国人観光客、すごいからねぇ」

二人はまだ、店が別の世界に繋がったとは気が付いていないらしい。

教えても大騒ぎされそうなので、草平はひとまず黙っておくことにした。

まぁ、敢えて説明する必要もないが。

「ほら、お前らも今日はもう帰れ。店仕舞いだ」

いろいろあって、気疲れした。娘が婿候補を連れてきたかもしれないと気を揉んだ日に、長々と営業できるほど草平の肝は太くない。

「あ、後片付け、手伝いますよ」とすぐに正太郎が申し出る。

「いいよ、たいした量でもねぇし」

本当に正太郎はいい青年だ。明日からでもうちで手伝ってもらいたいくらいだった。

「お父さん。正太郎さんにお店を譲ること、私、諦めてないからね」

改まった表情で、ひなたが宣言する。

「正太郎さんなら絶対大丈夫だって、今日お父さんも分かったと思うし、私もそう信じてる」

真っ直ぐな瞳。真っ直ぐな言葉。

生半(なまなか)な気持ちならどやしつけるところだが、そんな気配は微塵もない。

自分の娘ながら、いい顔をするようになったものだ。

「……まぁ、再開するならするで、応援しないこともないけどさ」

娘の少し照れた顔に、草平も自然と笑みが零れる。

「勝手にしろぃ」

まったく、誰に似たんだか。

夜は更ふける。しずかに。ゆっくりと。

騎士の威厳

人生には何が起こるか分からない。

卒業した大学の後輩と付き合うこともあるだろう。

その彼女の実家の居酒屋を譲ってくれないかと頼みに行くこともあるかもしれない。

しかし。

榊原正太郎は厨房で皿を洗いながら、カウンターで酒を飲む客たちを眺めた。

金髪、茶髪、赤髪に、青、灰、鳶色（とびいろ）の瞳。

身を包んでいるのは、明らかに既製品ではなかった。

どう見ても、現代日本の居酒屋にやって来る客ではない。

映画の撮影でもしているのかと思ったが、カメラも照明もマイクもなければドローンもない。

訝（いぶか）しげな表情で皿を洗い続ける正太郎に、草平が手を止めずに声をかける。

「少し前から、こういう客が来るようになってな」

居酒屋げんは昼営業も仕出し弁当も手広くやっていた。

だが、人の流れが変わって、少し前からは閑古鳥が啼いていたという。

慢性的な腰痛もあるし、年の問題もあるから、そろそろ店を畳もうか。そう思いはじめたある日、店の入り口が妙なところに繋がったのだという。

「まぁ、言葉は通じるし、いいかと思ってな」

せっかく仕込んだ料理が無駄になるよりは、と客に酒と肴を出していたら、あっという間に繁盛するようになったらしい。

「どうしてこんな妙なことに……？」

「……俺が知るわけないだろうがよ」

毎日お稲荷さんにお参りしてたから、そのご利益かもな、と草平が付け足した。

ですよね、と相槌を打ちながらも、正太郎は草平の手際に目を奪われている。

例えば料亭で修業したような華やかさはないが、居酒屋の厨房を守り通してきた自負と歳月とを感じさせる、熟練の技。大したものだ、と正太郎は内心で舌を巻いた。自分の店を持つためにあちこちの店でアルバイトをしてきた正太郎には、草平の腕前が分かる。

「こっちにハイボール！」

「兄ちゃん、ごろごろハンバーグ、もう一人前！」

「はい、ただいま！」

今日の居酒屋げんも大入り満員。手伝いに来た正太郎も息つく暇もない忙しさだ。

その中で葦村草平は淀(よど)みなく流れるような所作で料理と酒を提供し続け、しかも間違えるということがない。

ここで働けるようになって、よかった。好機(チャンス)を無駄にしないようにしなければ。

店を譲ってもらう話はまだどうなるか分からないけれど、少なくともげんで働くことは無駄にならないという確信がある。

「たのもー！」

その時、店の表から、大きな女性の声が聞こえてきた。

「我が名はカミーユ！　武門の誉(ほま)れ世に高く、王家に忠節を誓うヴェルダン家が騎士、カミーユ・ヴェルダンである！」

カミーユは精一杯の声で訪(おとな)いを入れた。

男装の騎士としてこういう店を訪れるのははじめてなので、どのように店へ入ればいいのか分からなかったのだ。

「い、いらっしゃいませ」

若い男の店員が迎えてくれる。この辺りではあまり見ない顔つきだ。

よくよく見てみれば店構えも雰囲気も、東王国(オイリア)のものではない。

「挨拶はよい。聞けばこの店は大層美味い料理を出すと市井(しせい)の噂(うわさ)になっているそうではないか。王家の藩塀(はんぺい)たる騎士としては、世情を知るのも御役目のうち」

空いているカウンター席へ、どかりと座を占める。

「というわけで、噂の真偽を騎士であるこの私が直々に確かめにきたのだ。さぁ、給仕よ！　この私の、男らしく騎士らしい味覚を満足させる料理を出すがよい！」

カミーユ・ヴェルダンは悩んでいた。

男装の騎士として奉職する身であるが、果たして自分は男らしく振舞えているのであろうか。

王城内で尋ねて回るわけにはいかない。男らしく見せたい同僚に「私は男らしいですか？」と訊くなど恥辱の極みであるし、七代先まで嗤われる。

そこで騎士としての機知に富んだカミーユが考え出したのは、外部に活路を求める方法だった。

ちょうど下馬先の下士が、狐に誘われる不思議な居酒屋の話をしたので、店はそこに決めた。

「は、はぁ……」

「うーん……」

料理人二人が、当惑していた。男らしいという注文は難しかったか。

貴族は出されるものを食べるのが当たり前なので、店でどう言えば何が出るのか分からない。

「じゃあ、スコッチエッグなんてどうです？」

「ほう？」

若い方の料理人が、何か料理名を挙げる。聞いたことのない名前だが、どことなく連合王国(ケルティア)風の響きがあった。この際、なんでもいい。男らしく思われる料理でさえあれば。

「男らしいの基準がよくわかりませんが、揚げ物なのである意味男らしくはある、かも……」

「揚げ物(フリット)！　揚げ物は精がつき、力強い肉体を作ると貴族の男児はよく食べさせられたものだ。まさに東王国の優雅にして勇敢なる騎士に相応(ふさわ)しい料理ではないか」

「では、その料理に合う男らしい酒も見繕ってもらおうか」

いい具合だ。〈トリモチと理屈(グルー)は何にでもくっつく〉というが、これで問題ない。

「畏(かしこ)まりました」

後は男らしく食べて、男らしく払い、男らしく帰る。これで男装に自信が付くという寸法だ。

◇

「草平さん、あのお客さん、どう見ても……」

スコッチエッグの準備をしながら、草平に耳打ちする。

確かめるまでもなく、男装だ。ユニセックスな恰好の人は東京ではときどき見かけるが、こちらにもいるというのは、新鮮な驚きがある。

「黙っとけ黙っとけ。面倒なことになる」

ここは余計なことを言わずに、調子を合わせておけばいいと言いたげだ。

「えーっと、じゃあ先に、男らしいお酒を……どうぞ、生ビールです」

男らしい酒、というと泡盛の古酒(くーすー)や老酒(らおちゅう)やウォッカの在庫があるようだが、この客に出すのは躊躇(ためら)われる。

「食前酒(アペリティフ)にしてはたっぷりだな」

ぐいっ。

飲みっぷりは、確かに男らしい。しかし……

「に、苦、苦、苦……」

「あ、あの、無理しなくても……ビールの苦味がお口に合わなければ、ほかに甘い飲み物もありますので」

「ば、バカにするな！　無理などしていない！　男らしくない甘い飲み物など要らん！」

詮索はしないが、よほど男らしさに拘(こだわ)りがあるようだ。

草平が慣れた手つきでスコッチエッグを作っていく。

揚げ物は居酒屋でもよく出るだけに、長年の経験を感じさせる動きだ。

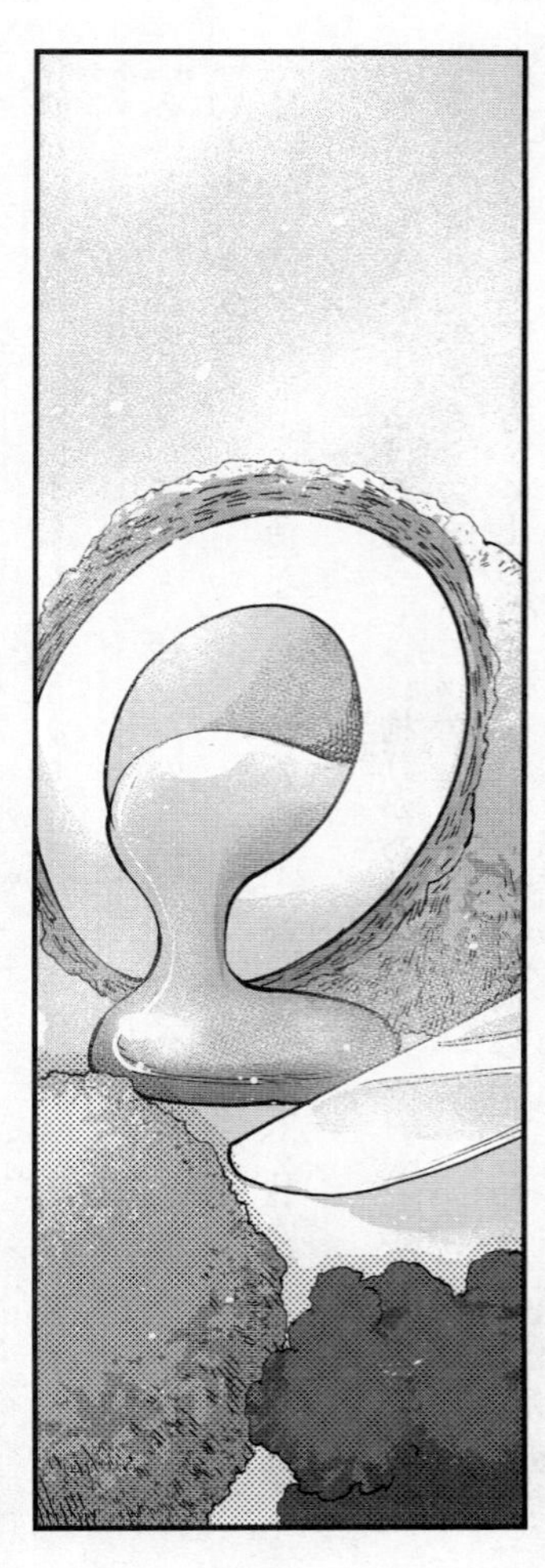

居酒屋げんでは、食感を変えるために揚げ物の種類によってパン粉の粗さを変えているらしい。

揚げ油の温度を計って、スコッチエッグを投入。

すぐにカラカラカラと食欲をそそる音が立ちはじめた。

「お待ち。スコッチエッグだ」

「ふむ……確かに揚げ物のようだが……随分と大きいな」

正太郎としては偶然思いついたからスコッチエッグを薦めたが、意外に悪くないかもしれない。

「では、さっそく頂こう」

サクッ。カミーユのナイフが入ると、半熟卵が現れる。

「……うわぁ！　卵だぁ！」

草平の揚げ加減は実に見事で、カミーユも目を輝かせている。

つあふあつ……あふっ！

「んーサクサクトロトロで、ソースに合う……美味し……」

地が出かかっていたのを慌てて声音を戻し、カミーユは騎士らしく威厳に溢れる声で味を評した。

「ふむ、なかなか美味だな」

料理の方はお気に召したようで、切り分けるのももどかし気に口へ運んでいる。よかった。お客さんが喜んでくれるのは嬉しいものだ。

「正太郎さん、お父さーん」

裏口から聞き慣れた声が響く。ひなただ。

「ただいまー。お店はどう？」

顔を見ると、嬉しくて「ひなちゃん」と口を突いて愛称が出てしまった。

正太郎がげんで働くことになって、ひなたも手伝うと言い出したのだが、バイト先を急に辞めることができず、今はまだアルバイトを続けている。向こうも抜けられると困るそうだ。

「手伝いにきたよ。お客さん増えて忙しいでしょ？」

さっそく腕まくりするひなたに「ありがとう」と礼を言う。

「なんだ、普段は滅多に寄り付かないのに」

草平の照れ隠しに、ひなたがにやりと口元を歪(ゆが)めた。

「お父さんはまたそういうこと言うー。せっかく今日は差し入れ持ってきたのになぁ」

そう言ってひなたがお客にシュークリームを配りはじめた。

「はい、どうぞ」

「おっ、ありがとう」

「どうしたの、これ？」

ひなたがアルバイトをしているケーキ屋のシュークリームだ。行列のできる人気の店で、店員がたっぷり持って帰るほどの売れ残りが出る店ではない。

「バイト先が途中で臨時休業になっちゃって。捨てるのももったいないから貰ってきちゃった」

「お客さんもデザートどうぞ」

ひなたはこれまでの経緯(いきさつ)をしらないから、〝男らしく振る舞おうとする〟カミーユにも、ごく自然にシュークリームを薦める。

「甘くておいしいですよ、シュークリーム」

「え。あの、私は……」

甘そうなお菓子。

男装して騎士として奉職(ほうしょく)するようになってから、莫迦(ばか)にされるのを怖れて、菓子なんてほとんど食べていない。菓子を食べるなど、男らしくない行為の筆頭ではないか。

だが、逆に考えれば、ここで勧められたものを断るのも、男らしくない。男らしくないはずだ。

「う……じゃあ、ありがたく……頂戴しよう」

シュークリーム(シュー・クレーメ)。

聖王国(ルブシア)からやってきた菓子で、まだ東王国では珍しい。

王家の人々が口にしているのは見たことがあるが、自分で食べたことはなかった。

意を決して、カミーユはシュークリームを口へ運ぶ。

サクリ。

「あまーい！」

想像していた甘さの数倍は甘い。それもただ甘いのではなく、上品な甘さだ。

「なにこれ、このふわふわとろとろ！　こんなの宮中晩餐会でも食べたことな……」

視線を感じて、ハッと我に返る。ダメだ。ヴェルダン家の騎士たるもの、このようなことでは。

「……なかなか、味のいい菓子だな」

しかしこの菓子は、美味い。

この中のクリーム。

雲のように柔らかく真っ白なクリームと、濃厚でとろみのある卵と牛乳のクリームの二種類が挟まれている。

「手の込んだ菓子だな。王宮でもなかなかお目にかかれないぞ」

思えば、跡継ぎであった兄が病床に臥せり、その代わりとして性別を偽って王宮に勤め出してからというもの、このような甘味を口にする機会はほとんどなかった。

甘味など女子供の食べるもの。

甘い菓子を喜ぶようでは、惰弱に見られてしまう。そう思っていたからだ。

人目のあるところではもちろん、そうでないところでも、努めて口にしないように心がけていた。

そうしなければ、騎士としての自分が保てなくなりそうだったから。

そうしなければ、大き過ぎる責務に、重圧に、自分の吐いている嘘に、そして何より心の中に住まう少女としての自分に、負けてしまいそうだったから……

本当は、甘いものが、大好きだから。

「ど、どうしましたか？　何か変なものでも……」

黙り込んでいたのを不審に思ったのか、ヒナタが慌てて声をかけてくる。

「いや、なんでもない。ありがとう。この菓子は、本当に甘くておいしいな」

本心からの、礼を述べた。この店は、いい店だ。

「まぁ、またいつでも来るといい、お嬢ちゃん。甘いもんがあるかどうかは保証できないがな」

お嬢ちゃん。店主のソーヘイの言葉に、カミーユは硬直した。

「なっ！　私はお嬢ちゃんなどでは……！」

まさか、男装していることがバレていたのか。

完璧に男らしい振る舞いを心掛けていたというのに。

いつから女だと分かっていたのだろう。入店した時からということはさすがにないはずだ。

「えっ?」とヒナタが口に手を当てた。

「ひなたちゃん、まさか気づいてなかったの?」とショータローが確認する。

それはそうだろう。ヒナタは気付いていなかったに違いない。

きっと、ソーヘイが鋭いのだ。

だが、現実は無情だった。

「全然、気がつかなかった……あなた、男装してたの?」

ヒナタの言葉に、カミーユは落ち込まざるを得ない。

まさか、男装していること自体に気付いていなかったとは。

ひょっとして、他の人間にもカミーユの正体はばれているのだろうか。

確かに思い当たる節はいろいろある。

性別を偽って勤務しているはずなのに、同僚の騎士たちは重い荷物は運んでくれるし、休憩には優先して回してくれる。それ以外にも便宜を図ってもらったことは、一再ではない。

みんな優しい、いい職場だなぁと思っていたのだが。

しかし初対面の相手に、男装しているとさえ気付かれなかったというのは……

けれども、少し気が晴れた。

これまでは肩に力が入り過ぎていた、という気がする。

明日からは、もう少し気楽に生きてもいいのではないだろうか。

男装は続ける。家のためでもあるし、そう簡単に止めることはできない。

とは言え、今日までのように無理に肩肘張って生きなくてよいのなら、少し楽になるような気がする。

そんなことを考えるカミーユに詫びるヒナタは、本当に申し訳なさそうだ。

「あ、いや、ごめん、なさい……つい、うっかり……」

ヒナタの謝る声を聞きながら、カミーユは自分の頬を温かいものが伝うのを感じていた。

自分は今、泣いているのか。

「ああ、もう、泣かないでよ！」

きっとヒナタは、カミーユがどうして涙を流しているのか、知ることはないだろう。

この涙が、晴れやかなものだと知ることは。

肉じゃが定食

「眠い……陽射しが目に痛い」

カミーユ・ヴェルダンが朝の王都（パリシィア）を一人歩いている。

どうして徹夜明けの陽射しはこれほどまでに目を刺すのだろうか。

王宮に侍（はべ）る騎士の勤務形態は不規則だ。

王族やそれに近しい人々に来客があれば、払暁（ふつぎょう）まで同席することは珍しくもないし、場合によってはそのまま日勤することさえある。

今日はそういう不規則極まりない勤務形態の嵐に運悪く巻き込まれてしまった。

可及的速やかに部屋へ帰ってベッドに倒れこみたいけれども、どうにも空腹に堪え切れない。

「確か……あの店はこの近くだったな」

何か腹に詰めてから帰るか。

その方が、夜勤明けの寝つきもよくなるはずだ。

よい勤務態度はよい睡眠から。

寝る前に食べ過ぎてはいけないとは兄の言葉だが、よい睡眠、延いてはよい勤務態度こそが東王国(オイリア)の平和を守ることに繋がることを考えれば、カミーユがどうするべきかは明白だ。

当然、カミーユとて兄の教えを無視するのは、気が引ける。けれども武門の誉れ高きヴェルダン家の者として、王城の平和を守るためには、心を鬼にして美味しいものを食べねばならない。

「いらっしゃい」

「店主！　今日もやって……お？」

カミーユの視線の先には、居酒屋という場に似つかわしくない少女が一人いる。身の丈に合わない椅子をずるずると引きずり、んしょんしょとよじ登るようにして座る姿は、滑稽というよりも愛らしい。

「危ない！」

「あ……」

少女が椅子から落ちそうになるのを、カミーユはすんでのところで支えてやる。

「ありがとうございます、騎士(シュヴァリエ)さん」

「いや、礼には及ばんが……」

カウンター席に無事に座る少女だが、座面とカウンターの高さのせいで、猫がテーブルをのぞき込むかのようになっていた。

「これでも敷けば、少しはマシになるだろう」と丸めたマントを尻の下へ敷くように促す。

騎士たるもの、女性には親切にせねばならない。相手の年齢など、関係ないのだ。

「まぁ、お恥ずかしいところを……ありがとうございます」

恭しく目礼をしてみせる少女の所作には、見た目に似つかわしくない気品が漂っている。貴族令嬢がこんなところにいるはずはないから、商家の娘だろうか。

しかし、それだけではないものをカミーユは感じていた。

どこかで会ったことがあっただろうか。

「どうしました、カミーユさん」

ショータローに声を掛けられ、カミーユははっとした。一瞬、少女の笑顔に気圧されていた。

「すみません。この店で一番売れているランチをいただきます。それと……」

「それと？」

「ミルクを、一杯」

その注文にショータローの表情が緩んだ。凛々しさを湛えた少女だが、年相応のところもある。

「お待たせしました。最近、一番人気のランチメニューということで……肉じゃが定食です」

ニクジャガとはまた聞き慣れない料理だ。

覗き込むと、馬鈴薯(ポム・ド・テール)と牛肉(ブフ)と玉ねぎ(オニヨン)を煮込んだものらしい。これは美味そうだ。

「カミーユさんも肉じゃが定食でいいですか？」

「うん、ありがとう」

食べたくてうずうずしているのを見透かされたようだ。馬鈴薯を農民用の救荒作物と嘲(あざけ)る貴族もいるが、カミーユは腹持ちのする、よい食べ物だと思う。

もっとも行軍中の粗末な糧食を口にしたことのある人間にとってみれば、火の通っている料理は全てご馳走に見えるというのもあるのだが。

「では、頂戴しますね」

少女が定食に手を付ける。その所作は宮中の儀礼(プロトコール)に完全に則った素晴らしいものだ。

いったい、どこの誰だろうか。非番とは言え、カミーユは王家を守る騎士である。注意の必要な人物については敵味方の全ての顔と名前を諳んじているつもりだが、思い当たる対象がいない。

「うん……？」

気にしても仕方ない、とニクジャガにフォークを伸ばす。

甘い。しょっぱい。美味い。

想像していた味付けとはずいぶん違う。

単なる具沢山(ラグー)のスープを想像していたが、もっと複雑な味だ。

普通の店なら、塩と精々ハーブで味を調える程度。玉ねぎの甘みを感じられれば上等というシチュー(ラグー)だが、これはなかなかどうして、フォークが進む。一緒に出てきた米(リ)も悪くない。

甘みのある肉料理はあまり経験がないが、これがまた馬鈴薯によく合うのだ。

「……ふむ？　この塩味は何かしら。ただの塩ではないようだけれども。うーん、旨味があるし、魚醤(ガルム)……？　それにしては臭みが一切感じられないけれど……」と少女は食べながらも味の研究に余念がない。

やはり不思議な少女だ。美味いのだから、どんどん食べればいいのに。

彼女と同じ年の頃のカミーユなら、きっと脇目も振らずに食べていただろう。

「それにこの甘み……食材も、見たことのないものが……給仕さん、すみません」

はい、とショータローが応じる。

「このお店は異国の方がやっていらっしゃるとは耳にしていましたが、それにしても珍しい味付けで大変驚きました。差し支えなければどんな調味料をお使いか教えていただけませんか？」

「いいですよ」

年恰好に似合わぬ丁寧(ていねい)な言葉遣いで尋ねられ、ショータローは笑顔で応じる。

「そちらの肉じゃがでしたら、味付けは醤油、みりん、出汁(だし)の三つが中心でして」

「ショーユ、ミリン、ダシ……」

「あっ、えーと、これは僕らの母国の調味料で……醤油は大豆の発酵食品、あ、発酵というのは」

「醸す、ですね。存じております。一瞬魚醤に近いものを感じたのはそれですね」

「ミリン、というのは？」

「みりんはお酒の一種ですね。これで甘みを出します」

「へぇ……お酒で甘みを！」

「ダシは！　ダシとはなんでしょうか？　あとこの透明な麺のようなものは！」

「えっと……」

ショータローと少女の問答にはじめは耳を欹てていたカミーユだが、すぐに諦めた。話の内容が専門的に過ぎる。まるで専門職による検分のようだ。

「はぁ……異国にはいろんな料理や食材があるのですね。よい勉強になりました。きっとこの国の料理に取り入れても美味しいはずだわ。お爺様にも教えてあげなきゃ」

あの娘、どこかで見たのは確かなんだが……誰だったか。

王宮に出仕する騎士である以上、カミーユは人の顔を憶えるのが得意だ。一度会った人の顔を忘れるということはほとんどない。要人警護にとって欠くべからざる技能であり、そういう資質のない者はよほど膂力に自信があっても、外勤に回されることになる。

それにしても。

馬鈴薯（ポム・ド・テール）は北方や帝国などの土地の痩せたところの食べ物だという印象だったが、柔らかい芋にこの店独特の味付けが沁みていて、なかなかどうして……疲れた体に染み渡る。

「いつ来てもここは美味いな」

「ありがとうございます。大変結構なお味でした」

ではそろそろ……と少女が立ち上がろうとするのを、カミーユは制した。

「お嬢さん（マドモアゼル）」

「ここはデザート（デセール）も美味しいお店だ。食べていくといい」

「……！　デザート！」

少女の顔が向日葵（トゥルヌソル）のように煌めく。そうだろう、そうだろう。少女といえばデザートだ。

「で、今日はどんなデザートがあるのかね？」

当然デザートが出てくるものと思って尋ねると、意外にもショータローが困った顔をした。

「言っておきますけど、あんなデザートが毎日あるわけじゃないですからね！　困ったな……草平さん、何かありますか？」

「ん。本当はまだ試作段階なんだが……冷蔵庫の中のアレでいいんじゃないか」

さすがはソーヘイだ。何か準備していたらしい。すぐにショータローが取りに行く。

「お待たせしました。自家製とろとろプリンです」

出てきたのは、小さな陶器のカップ（ゴブレ）に入った、とろりとしたものだ。

「なんの飾り気もない容器ですね」

「これは……プディングのようなものか？　……では、さっそく……」

口の中に入れた瞬間、とろけた。

「はえぇ」

少女も賛嘆の声を上げる。

これは美味い。

「うん、卵と牛乳、バニラの香料……カラメルのソース。材料はとてもシンプルですが、この味に仕上げるには腕前が必要ですね」

こんな小さな容器では物足りないが、だからこそ素晴らしく感じるところもあるのだろう。

「うう、美味しい。手が止まらん」

「本当に。これならいくらでも食べられそうですわね」

もう一口、もう一口と匙を動かしていると、あっという間に空になってしまった。

「もう……ない」と少女が残念がる。

「もうちょっと、もうちょっと食べたかった……」

こんなにちまちました量だからいけないのだ。そう、もっと男らしく……

「やはり次はもっと大きな器で……いや、いっそ、兜(かぶと)か何かに」

バケツとはいい考えだ。一度でも使用したものは御免被るが、新品を調達してきて、それいっぱいに作ればいい。ショータローが苦笑する。

「……ありがとうございます。ランチ、デザートともに大変すばらしいお味でしたわ」

「はい、お気に召したようで幸いです。よろしければまたどうぞ」

店員への礼も忘れない。振る舞いからして実は商家の娘ではなく、貴族の令嬢なのだろうか。

「あ、そうだ。素敵な騎士さん。またエスコートをお願いしますね」

「ええ、また逢うことがあれば是非。お嬢さん(マドモアゼル)」

女性にエスコートを頼まれれば、吝(やぶさ)かではない。騎士の務めだからだ。

「ありがとうございました！」

ショータローとソーヘイに見送られて、少女がゲンを出る。支払いぶりも堂々としたものだった。

本当にあの少女はどこの誰だったか。

あの眼差し、どこかで見た記憶がある。

「あ！　あああああああ！」

「どうした？　そんな大声出して」とソーヘイが訝しげに尋ねてくる。

「お、思い出した！　王室内膳司(ないぜんのつかさ)・前筆頭典膳(さきのてんぜん)、ピエール・ド・クルスタンの孫娘だ」

あの日、あの知識、間違いない。

東王国（オイリア）の宮廷において、王室の食の全てを差配する内膳寮。その頂点に立つ、内膳司の総責任者だった人物の、孫。

「筆頭……?」とソーヘイが首を捻り、

「偉いんですか?」とショータローにもよく伝わっていないようだ。

「王家の方々のお食事から宮廷の晩餐会まで調理を一手に握る部門の長だぞ！　偉いに決まっている！」

食事を司るということは、毒や健康のことも考えれば、死命を制すると言っても過言ではない。

護衛騎士のような例外を除いて貴族が王の寝室へ入ることは禁じられているが、典膳は特例としてそれが認められている、希有（けう）な存在なのだ。

貴族の家格を単純に比較することは難しいが、家格で言えばヴェルダン家よりも上だ。

「確か名前はアン……アン・ド・クルスタン！」

まさかこんな街場の居酒屋で出会うとは。

「お店を気に入ってもらえたみたいだし、いいんじゃないですかね」

ショータローの言葉にソーヘイも「だな」、と頷く。

「わ、私はどうなるんだよ！」

思い返すと、エスコートだとかなんだとか、とんでもなく恥ずかしいことをしでかしていた気がする。

相手が商家の娘だと思っていたから、思いっきり紳士のような振る舞いで接してしまった。

今はいい。

だがアン・ド・クルスタンが長じて内膳司の一員となり、クルスタンの名を継ぐ者として王室と関わるようになれば、間違いなくカミーユは顔を合せることになるのだ。

その時、カミーユはどんな顔をして彼女と見(まみ)えればいいのか。

どうかアンが忘れてくれていますように。

そう願わずにはいられない、カミーユであった。

美食家の難題

「ショータローさん、あの人、気を付けた方がいいよ」

ジャンがそっと耳打ちをする。

視線の先にはいかにも貴族といった風情の紳士がホッピーのジョッキを傾けていた。

「ラ・ヴィヨン卿っていって、美食家で気難しいので有名なんだ。教会への寄附も多いし、悪い人ではないんだろうけど……」

口うるさい客、ということか。

「下手なものを出して怒らせちゃった店を見たことがあるんだ」

酔っているという訳でもないだろうが、ラ・ヴィヨン卿はひなたに何やら演説をはじめた。

「で、あるからして、帝国の一都市如(ごと)きに負けてはおれぬ。それも帝都ならともかく、鄙びた辺境の一都市ごときに！　大陸文化の中心にして〈花の都〉たる王都(パリシィア)の誇りにかけて、この街の店も質を高めねばならん」

「そんなこと言っても、ここ、ただの居酒屋だし……」

「いいや、違う！　こういう何気ない店の水準こそが、街の料理の質を表す指標となるのだ。かの有名な〈食の吟遊詩人〉クローヴィンケルも、そう言っておる」

居酒屋の料理を見ればその国の料理の水準が分かる、というようなことを言っているらしい。

態度こそ大きいが、ラ・ヴィヨンの言うことは正太郎にも頷ける部分がある。

優れた料理文化のある土地は、ちょっとした酒場の料理にも見るべきものが多い。

「そして何より、私は古都（アイテーリア）でこの目で見、この舌で味わい、体感したのだ！　ありふれた市井の居酒屋で王宮にも匹敵する料理や酒肴が提供されているのを！　このままでは、よりにもよってあの帝国に食で敗北を喫してしまいかねん！　あの馬鈴薯（ポム・ド・テール）の国に！」

演説は最後にはほとんど絶叫と化していた。

はぁ、とひなたが嘆息する。

「そんなすごい居酒屋があるんだねぇ」とジャンが感心する。

「古都って隣の国の街でしたっけ……？」

東王国（オイリア）の隣にある帝国は、文化も料理も違うというから、正太郎としても一度行ってみたい。

「うむ、私としたことが激してしまった。さぁ、早く料理を出してくれ！」

「は、はい」急に話を振られ、慌てて正太郎が応対する。

「どういったものがご所望でしょうか？」

「ええい、客がどのようなものを求めているかくらい、気を利かせて推察してみせんか！」

　また無茶苦茶な注文だな、と思うが、チェーンの居酒屋で働いていた時の酔客を考えれば、まだ理性的だ。〝客である自分の発想からは出てこないものを食べさせてみろ〟ということだろう。

「……そうだな。強いて言うなら、美味ければなんでも構わん。なんでも、だ」

　念を押すということは、逆に言えば美味しさは最低限クリアすべき条件なのだ。

　その上で意表を突いたものを出してこい、という試験のように正太郎には思えた。

「美味ければ……」

　草平と自分、どちらが受けるべき注文なのだろうか。

　尋ねようと草平の方を見遣ると、素っ気なく「ん」と頷いた。

　任された、ということだ。正太郎の胸に、急に闘志が湧いてくる。店の名を背負って立つ勝負のようなものだから、本気で挑まなければならない。

　美味しくて、できれば相手の想像もしていない料理。何ができるだろうか。

　そういえば今朝のまかないにと正太郎が作ったアレはなかなかいい出来だった。アレを出汁で延ばせば、いい塩梅になるのではないか。

　構想さえまとまれば、あとは早い。湯を沸かし、鍋を温め直しながら麺を茹でる。

「お待たせしました。カレーうどんです」

「な……なんだこれは？」

出てきた料理を見て、ラ・ヴィヨンは絶句した。

これまでに見てきたどんな料理とも似ていない。

麺（ヌイユ）ではある。しかしその麺の入ったスープともシチュー（ラグー）ともつかないこれは……

気になるのは、香りだ。

一見すると泥のようにも見えるシチューだが、芳しく刺激的なこの香りは、複数の香辛料を組み合わせているに違いない。それも適当に混ぜたわけではなく、明確な意図を持っているようだ。

「一応、味見はしてやるが……認めたと勘違いしてもらっては、困るぞ」

フォークで麺を掬（すく）い、口へ運ぶ。

辛い（セテピセ）！　はじめに感じたのは、それだった。

胡椒の辛さとはまた異なる、身体の奥から熱くなるような辛さだ。

けれどもそれは単なる入り口に過ぎない。

ただ辛いのではなく、味わい深いのだ。

辛いだけでなく様々な味わいを感じさせる汁は、恐らく魚の出汁（フュメ・ド・ポワソン）を使っている。

幾重にも味の重なりを感じさせるのは、溶けて形を残さないほどに野菜を煮込んで甘みを出しているのだろうか。

ちゅるり。

ラ・ヴィヨンの知る如何なる麺よりも太いそれは、乾麺ではなく生麺のようだ。

もちもちとした食感もさることながら、この太さと真っ直ぐさが汁と上手く絡まって、口の中へ味を伝えている。

「ふん、この程度……」

憎まれ口を叩いてみるが、フォークを止めることができない。

はじめは全く期待していなかった。

場末の居酒屋のちょっと変わった料理が出てくれば、それを褒めて広めてやる。

それくらいのつもりで挑んだのだが、出てきたのは見たことも聞いたこともない料理だ。

料理人に真剣勝負を吹っかけて覚悟を試してやろうという軽い気持ちが、これでは試されたのはこちらの方ではないか。

止まらない。汁が跳ねとぶのも構わず、フォークと口とを動かし続けることを、料理に強制されている。

汁まですっかり飲み干して、ラ・ヴィヨンは忘我の境地に達した。

カレーウドン、といったか。

世の中は、広い。三国の料理の全てを識っているなどと驕るつもりはないが、ここまで想像の範疇を超えた料理で迎え撃たれるとは、思いもしなかった。

ショータローという料理人が、不安げにこちらを見つめている。感想を求めているのだろう。

「ま、こんなもんだろうな」

負け惜しみに聞こえるに違いないが、本心だ。

但し、こんなものなのは、ラ・ヴィヨンの方だが。

「帰るぞ。釣りは要らん」

「あっ、はい。ありがとうございました！」

懐にあった貨幣の一切合切をカウンターに置いてきた。

まったく、こんなに素晴らしい店が名も知れず存在しているとは。王都もまだまだ捨てたものではない。

「……やっぱり、気に入らなかったのかな……」

せっかく草平から任された機会だったのに、と正太郎は肩を落とした。

「いきなりカレーうどんは難易度高かったんじゃない？」とひなたも手厳しい。

「見た目がすごかったですからね……」とジャンも同じ感想のようだ。

いけると思ったが、やはり難しかったか。

「ま、気落ちしないで。次があるよ」とひなたに慰められ、気を取り直す。

その翌日、昼前から居酒屋げんの前には人だかりができていた。

「噂のどろどろスープを食わせてくれ！」

「え？　あの……」突然のことに困惑する正太郎に、客たちが詰め寄る。

「見た目は悪いが味のいいドロドロのスープが食べられるって聞いたんだよ」

「ぶっとい麺のドロドロスープ！」

そこでやっと、正太郎は気が付いた。

「あ、カレーウドンのことか」

ひょっとすると、ラ・ヴィヨン卿もああ見えて意外にカレーウドンを気に入ってくれたのかもしれない。

「こっちにカレーウドン！」

「こっちにも頼む！」

詰めかけた客たちは目当てのカレーうどんを注文し、服が汚れるのも構わず汁を飛ばしながら食べている。

「ラ・ヴィヨン卿、あちこちでカレーウドンの宣伝をしてくれているみたいですよ」

最近はすっかり居酒屋げんで昼食をとることの多くなったジャンが、事態を説明してくれた。

聞くところによると、かなりの熱弁を振るっているそうで、最大限の賛辞に人々の関心も高まっているということだ。

「そんなに評価してくれているふうには見えなかったのに……」

「いいじゃない、いいじゃない。素直じゃなかったんだって」

それにしても、カレーうどんの注文ばかりだ。

「なんか、申し訳なくなってきたな」と正太郎が零すと、ひなたが不思議そうな顔をする。

「なんで？　あ、分かった！　カレーうどんの注文ばかりで正太郎さん、お父さんに気兼ねしているんでしょ」

図星だ。こういう時、ひなたは恐ろしいほどに勘が鋭い。

「お父さんはそんなこと気にしないって」

草平の様子を窺うと、こちらの視線に気づいたのか、ニヤリと笑みを返す。

気にしていない、というよりも、その表情からは、よくやった、という好意的な意思が窺える。

「正太郎さんがこの街の人にはじめて料理を認められたってことなんだから、どーんと、胸を張らなきゃ」

それは、そうかもしれない。

見知らぬ街の美食家に真剣勝負を挑まれて、それに応えることができた。

何も羞じることはない。立派なことじゃないかと思い返す。
一歩一歩、成長していくのだ。
いつか、自分の店を持つためにも。

葦村家のこれから

その日最後の客は、男装の女騎士カミーユだった。

少し前に店を訪れてから居酒屋げんを甚く気に入った様子で、足繁く通ってくれている。

ひなたが暖簾を片付けていると、裏口から見慣れた顔がひょっこりと覗き込んだ。

「あら、奈々海じゃない。何してるの？」

「何してるって、実家なんだから帰っても来ますよーだ」

大学に通うために区内で下宿しているひなたの妹、奈々海だ。

折悪しく開きっぱなしの扉の向こうには、夜も更けた王都の街明かりが揺れている。

「メールにも全然返事をよこさないから何やってるのかと思って覗きに来てみれば」

腕を組み、つま先でたんたんと地面を叩きながら不機嫌そうな奈々海。

料理以外では細かいことに全く拘らない父草平に似たひなたと異なり、母に似た奈々海は徹底した現実主義者に育っている。

通っているのも国立の経済学部。家政科を出たひなたとはまるで違う人種だ。

同じ両親から生まれたのに、どうしてこうも違うのか。当のひなたにもさっぱり分からない。

その奈々海に連絡しなかったのには理由がある。

決して、面倒くさかったからというわけではないのだ。

連絡をしなかったというよりは、できなかったという方が正しい。

「店の入り口が、異世界の王都に繋がっちゃった」なんてことを連絡しようものなら、なんと言われるか分からないから、メールもチャットもしようがなかったのだ。

いつかはバレるということは、ひなたも分かっていた。

ただ、面倒な宿題を日延べするように、少しずつ先送りにしていたのが、裏目に出てしまったという格好だ。時間が経つほど厄介なことになるのは分かっていたが。

背後に怒気で陽炎を揺らめかせる奈々海に、ひなたも正太郎も草平も、何も言い返すことができない。

怒られるのかな、とごみ箱を抱えたまま固まってしまう正太郎。

あちゃーと頭を抱えるひなた。

そして観念したように天井を眺める草平。

三者三様の姿で、奈々海の言葉を待つ。

しかし、奈々海の口を突いて出たのは、予想外の言葉だった。

「なんでこんな面白そうなことになってるのに、私に連絡しないの‼」

現実主義者であると同時に、奈々海は無類の面白いもの好きでもあったのだ。

座敷に正座させられるひなた。

「あの外国人のお客さんは何？　コスプレ？」

騎士のお客というのは、カミーユのことだろう。店に入ってくる前に、少し様子を窺っていたのだろうか。

「いえ……鎧です。騎士の」

アーマーとメイルについてカミーユから教えてもらった話を繰り返すとなんだか長くなりそうなので、ひなたは自重する。

奈々海は腕を組んだままひなたの周りをゆっくりと歩き回った。

ソックスが畳を踏む音だけが、俯くひなたの耳に響く。

どうして自分だけ怒られているのだろうか。

怒られるのは父草平の方ではないのか。あ、でも何かあったら連絡するねって奈々海に言っていたような気もする。そう考えると確かに……

「で、なんでこんなことになったの」

「……分かりません」

なぜこの状態になったのかは、本当に分からない。

父草平がこの店を閉めると聞いて、正太郎に譲ってもらえないかと談判に来たら、もう繋がっていたのだ。

一度理由を尋ねてみたが、草平にも心当たりがまるでないらしい。

本当にある日突然、魔法のように繋がってしまったというのだ。

昔から実家近くには狐が出るとかなんとかそういう話はあるが、さすがに異世界に繋がったという話を聞いたことはなかった。これまでに来たお客さんが全員狐だということもなかろうから、やはり何か不思議な力でどこかに繋がってしまったのだろう。

そこからは、奈々海の矢継ぎ早な質問がはじまった。

一日の時間は？

日照時間の日本との違い。

空に見える天体の違いは？

人種はどう？

耳の尖った人や尻尾の生えた人はいないかについては特に詳しく聞かれた。

ひなたは問われるままに、一日の時間は日本と大して変わらないことや、月が二つあること、人種は白人に見えるがよく分からないことなどをしどろもどろに答える。

はっきり言って、特に気にしたこともなかったから、奈々海に問われてはじめて、どうなっているのか気になったくらいだ。

「で、お金は？　お客さんの支払いは日本円でもドルでもユーロでもないんでしょ？　仕入れはどうしてるの？」

「商店街の怪しい古物商で現金化できるので、それで……」

これはひなたも草平から聞いた話だ。見たこともない銀貨や金貨に困っていた時、そういえば昔、五輪の記念硬貨を古物商で売っていたのを思い出して、持ち込んだのだという。

毎朝お参りしている稲荷神社の隣だから、通うのも便利だ。

「あ、あの、連絡しなかったことはひなたちゃんも反省しているみたいだし、そのくらいで」

根掘り葉掘りの質問に窮していると、正太郎が助け舟を出してくれる。

「あなたは黙っててください！」と突っぱねるが、初対面の相手だと思い直したようで、「あ、すみません」と謝った。

ふむーと目を瞑り、奈々海が考え込む。この顔は頭の中で算盤の珠を弾いている時の顔だ。

「分かった」

何が分かったのか、ひなたにも、正太郎にも、もちろん草平にも分からない。

「この貨幣の現金化は、私がやります。商店街の古物商とか足がついたら怖いし」

ほえっとひなたも驚かざるを得ない。もっと大きな話になると思っていた。

「あ、このことは内緒のままなんだ」と正太郎が意表を突かれたという風に確かめる。

「当り前です。あ、はじめまして。ひなたの妹の奈々海です。こんなこと世間様に知れたらどうなるか分からないじゃないですか！」

実の妹のことだから分かるが、この表情は絶対に「面白い」と思っている。

もちろん、居酒屋げんのことを心配しているのも事実だろうが。

「とにかく、今は店を存続させることよ。お父さんもやる気になったんだし」

堂々と宣言する奈々海。しかし、ちょうどよいタイミングで奈々海の腹がくぅとなった。

「奈々海、腹減っただろ。食べてけ」と草平。

ハンバーグの香りが漂いはじめる。

すんすんと鼻を動かし、デミグラスソースの香りに正太郎が口元を綻ばせた。

「ところで、このハンバーグ、目玉焼きとかのせてみても美味しいそうですよね」

「あ、それいい！」と奈々海が賛成する。

とろりと半熟の黄身が揺れ、ハンバーグに彩りを添えた。

四人で、店の名物であるごろごろハンバーグを食べる。

「うん、美味しい」

草平のハンバーグをまぐまぐと頬張り、頷く奈々海。

「腰を痛めたって聞いたときは心配したけど、この分なら問題なさそうね」

本当に店を続けられるのか、無理していないかと心配していたのが、変わらぬハンバーグの味に安堵の吐息を漏らした。

「正太郎さんも手伝ってくれるしね」とひなたは笑う。

「正太郎さん、ねぇ」と奈々海が正太郎を見つめた。

その視線は、姉を任せるに足る男性かどうかを値踏みしているかのようだ。

「じゃあ、正太郎さん、何かハンバーグの付け合わせを……」と奈々海が言いかけたところで、チンと電子レンジが鳴った。

まるで予測していたかのように「あ、少し待ってね」と正太郎が立ち上がる。

出てきたのは、丸ごとポテトサラダ。

丸のまま蒸して皮をほどよく剥いたじゃがいもに、具材とマヨネーズ、ゆで卵が乗っていて、自分でいい具合に混ぜて食べるという形式だ。

「わ、美味しそう」と言いながら、ひなたは奈々海の反応を見る。

自慢の彼氏のソツのない動きが嬉しくない彼女はいないはずだ。

調理する正太郎の手際のよさに感心したのか、奈々海の彼を見る目に尊敬の色が混じっていた。

「で、奈々海、何か言いかけてなかった?」とひなたが尋ねるが、少しばつが悪そうに頬を染めてポテトサラダをまぐまぐと食べている。

ほぉ、と頬張る草平も感心しているようだ。

「しかし奈々海は誰に似たんだろうなぁ」と草平が独り言つ。

「そりゃ、お母さんでしょ」とひなたが応じる。

「お母さんね」と奈々海も確信をもって答える。

正太郎はまだ見ぬ母に恐れ戦いているようだ。ひなたからすれば優しい母なのだが。

ふと、母こそいないが、今のこの状況は、まるで一家団欒のようだな、とひなたは思った。

自慢の彼氏がその一部に収まっていることに、ひなたは嬉しくなるのだった。

【閑話】弓張り月

照明の落ちた店内でその日使った道具を綺麗に拭いていく。

何気ない時間を、正太郎は好いていた。

まるで古代の神殿で神官が神事を執り行うような、清浄な時間。

自分の店を持ちたいとバイトに明け暮れていた頃も、後片付けを苦にしない正太郎は周りから変人扱いされていた。

露骨な点数稼ぎだと蔭口を叩かれたこともあるが、正太郎としてはそういう物言いの方が不思議でしょうがない。

自分の扱うものを、自分で手入れする。

引いては自分の安全を守ることにも繋がるのだから、身を入れない方がおかしいと正太郎などは思うのだが、そうは思わない人は意外に多いようだった。

「そっちは終わったか？」

「はい、もう終わりました」

居酒屋げんの店主である葦村草平も、その点では正太郎と同族のようだ。

神器でも扱うように恭しく包丁を消毒していく様は、見ていると惚れ惚れする。

「……どうだ、ちょっと一杯やっていかねぇか」

珍しいこともあるものだ。草平の誘いに、正太郎は間髪を入れずに答えた。

「ご相伴に与ります」

カウンター席に行儀悪く斜めに腰掛け、差し向かいで瓶ビールを開ける。

トクトクトクトクトクトク……

コップを満たす黄金色の液体に思わず喉が鳴った。

そういえば今日はろくに水を飲む暇もなかったのだ。

不思議な客相手の商売だが、これだけ忙しいというのはとても楽しい。

「……お疲れ」

「お疲れ様です」

最近流行りの飲み口を重視した薄手のグラスとは違う、昔ながらの武骨なコップがゴチンと付き合わされる。

グビリ。

一口飲むと、口の中がビールの苦みで喜んでいるのが分かった。

仕事上がりの一杯は、どうしてこんなに美味いんだろう。

ふと気が付くと、草平がこちらの顔をじっと見つめていた。

「……榊原さん、おめぇさん、よく手伝う気になったな」

「この店は、勉強になりますから」

草平から支払われる給料は、それほど大きな金額とは言えない。

正太郎の腕と体力があれば、もう少し実入りのいい店へ勤めることも可能だ。

それでもこの店にいるのは、もちろん葦村ひなたの存在も大きいが、それだけでなく、葦村草平という一個の料理人の背中の大きさをもっと見たいという思いがある。

ふぅん、と口先を尖らせるようにして、草平がコップの中身で口を湿らせた。

こういう何気ない振る舞いが、ひなたと重なることがある。

大学の料理サークルOBの正太郎と、女子大生だったひなたは、はじめから仲が良かったわけではない。

OBがサークルを訪れることを、ひなたは彼女探しだと明確に侮蔑していた。

正太郎としては人にご飯を食べさせることが好きなだけだった。ひなたの誤解を解くのに随分と時間がかかったことを憶えている。

それがいつの間にか友達関係になり、人生の相談もするようになった結果、自分の店を持ちたいという夢をひなたに伝えることになったのだ。

「榊原さんは随分と筋が良いが、どこかで修業したのか？」

「はい、いろいろやりましたね」

独習からはじまり、居酒屋、日本料理店、イタリアン、インド料理にアフガニスタン料理、フランス料理と、手伝えるところにはどこへでも顔を出した。

持ち前の体力でバイトの掛け持ちをし過ぎたせいで、単位が危うくなったのはご愛敬だ。

経歴を伝えると、草平は普段あまり見開くことのない目を大きくして驚いた後、聞こえるか聞こえないかの微かな声で、なるほどなぁと小さく呟き、顎を撫でる。

そこからは、静かな時間が流れた。

二人とも何も語らない。だが、なんとなく通じ合っているような気がする。

コップの中身が少なくなれば、自然に相手に注ぎたすだけ。

電気も消えた薄暗い店内で、ただそれだけのやりとりをする。

それがなんだか、正太郎にはとても贅沢な時間に思えた。

「……うちはほら、あれだろ？　だから、な？」

主語も述語も曖昧だが、正太郎には草平の言いたいことがなんとなく分かった。

本当は男の子供と、差し向かいで飲んでみたかった。

ひなたも奈々海も大切な娘だが、二人とも娘だ。

その代役を正太郎は務めさせてもらっている。とても光栄で、面映ゆい。

肴もなく、ビールを飲む。一本空けば、もう一本。

柔らかで温かな、不思議な時間だ。

「そういえば、この店はどうして〝げん〟っていう名前なんですか？」

前々から疑問に思っていたことを、正太郎は口にしてみた。

ひなたから見せてもらった昭和の写真では、この店の名前は「よしむら」となっていた。

葦村（よしむら）家がやっているのだから、よしむら。とても分かりやすい名前だ。

それがどうして、今の名前になったのか、正太郎には想像できなかった。

名物のごろごろハンバーグがげんこつに似ているから「げん」なのだ、という説も聞いたことがあるが、そんな安直な理由だとも思えない。

一瞬、虚を突かれたような表情を浮かべてから、草平は普段見せないようなにんまりとした笑みを浮かべて見せる。

「……そうさなぁ、これは〝ひな〟にも〝なな〟にも教えてないんだが」

ふふっと口元を綻ばせながら、草平は、天井を指さした。

「月がな、好きだったんだ」

「月、ですか」

草平の目には、天井のさらに向こう、王都（パリシィア）の空に浮かぶ双月が映っているのだろう。

「ひなとななの母親が、だよ。月子（つきこ）、という名前さ」

先日も母親の話が出たばかりだ。ひなたと奈々海の母親。いったいどんな人物なのか、正太郎の想像の範疇を超えている。

「その月子さんが、だ、月が好きなんだよ」

手酌で注ぎ足そうとして、草平は瓶を持ち上げたが、中身はもう入っていない。

次の瓶を取りに行こうと立ち上がる正太郎を草平は手の動きだけで押しとどめた。

「満月が、じゃないよ。変わっているんだな、これが。弓張り月が好きなんだ」

弓張り月とは、上弦の月、下弦の月。

なるほど、そういうことか。

「何事もな、満ち足りた瞬間よりも、それを目指す過程がいいんだ。逆もまた然り。何かがなくなってしまう前のその過程がいいって言うんだな」

酔っているのだろうか。

普段通りの顔色からは窺い知れないが、草平は随分と口の回りが滑らかだ。

こんなに饒舌な草平を、正太郎ははじめて見た。

げん、という店の名前を聞くだけのつもりが、思わず、草平の心の奥深いところに触れることができたような気がする。

「ま、そういうわけだからよ」

不意に草平が立ち上がり、正太郎の背中を叩く。

「明日からもよろしく頼むよ、〝正太郎さん〟」

「は、はい！」

榊原さんではなく、正太郎さん。単なる気まぐれかもしれないが、この呼び名の変化は、正太郎にとっては、なんだかとても大きな一歩だという風に思えた。

不思議なことだらけの居酒屋生活。

それでも、続けていく気力がもりもりと湧いてくる。

二人で飲んだビール瓶とコップを片付けようとすると、草平が顎をしゃくった。

「今日はもう遅い。明日の朝やろう。たまにはいいじゃないか」

そうですね、と返事して、店の裏口を出る。

それほど交わした言葉は多くないはずなのに、不思議と胸の温かくなる夜だった。


「ずーるーいー」

翌朝、店に着いた正太郎を待っていたのは、頬を膨らしたひなただった。

「正太郎さん、昨日の晩、お父さんと飲んだでしょ！　飲んだんでしょ！」

「ま、まぁちょっとだけ」

なんで呼んでくれなかったのよとひなたに怒られてみると、確かになんでだろうと不思議な気分になる。

それでも、さっきの時間は二人でなければ持つことのできなかった貴重な時間だ。

「ひな、あんまり責めてやるなよ。正太郎さんが困ってるじゃねぇか」

助け舟を出してくれたはずの草平さんの言葉に、何故かひなたは衝撃を受けた。

「しょ、正太郎さん！　下の名前で！　しかもあのお父さんが人を庇うなんて！」

ずーるーいーと駄々をこねる、ひなた。

なんだなんだと硝子戸の向こうから、王都の住人が店内を覗き込んでくる。

居酒屋げんは、今日も平和だ。

焼き鮭とつみれ汁

てんとう虫（コキシネル）。

左の手の甲に止まったこの小さな虫を、カミーユはどうにも扱いかねていた。

「てんとう虫（コキシネル）は幸運を運んでくれる、とは言うけれども……さて」

その名の通りに天を向かって歩みを進める虫はカミーユの細い中指を伝っていくが、なかなか飛び立とうとしない。

追い払うのもなんとなく可哀そうな気がしてシーソーのように指先を下へ向けると、また手袋の甲へと這い戻って来る。

このところ、考えるべきことが多い。

てんとう虫に縋るわけではないが、せめて気晴らしにでもなればいいのだが。

そんなふうにしながらぶらぶらと王都（パリシィア）の往来を歩いていると、気がつけば見覚えのある通りにカミーユは立っていた。

居酒屋ゲン。

少し前に現れた、妙な店だ。

他では食べられないような珍しい料理を出す店で、気取ったところのない雰囲気がカミーユは気に入っていた。

「ちょうど小腹も空いたことだし、な」

硝子(ガラス)の引き戸に手を掛けると、ふっとてんとう虫が舞い上がる。

「あ」

視線で追う間もなく、指先から太陽を目指して飛んでいく幸運の虫(コキシネル)。

何かいいことがあればいいがなぁ。

そんなことを考えながらぼんやりしていると、店の中から声がかかる。

「いらっしゃいませ」

誘われるように店へ足を踏み入れると、思わぬ顔がカウンターに腰を下ろしていた。

「……ジャン？」

「え？　カミーユ？」

のほほんとした顔で肴をつまんでいるのは、やはりジャンだ。

幼馴染み、とでも言えばいいのだろうか。

現在の国王〈幼王(ようおう)〉ユーグ陛下の父君である〈英雄王〉の臣下(しんか)としてカミーユの父とジャンの父が親しくしていたこともあって、昔は家族ぐるみの付き合いをしていた。

歳の近いジャンとはよく遊んだという記憶がある。

隣に腰を下ろすと「すごい偶然だねぇ」とジャンが笑顔で話しかけてきた。

ジャンは変わらないな、と返そうとして、カミーユは言葉を飲み込む。

数年会わなかったジャンは、見るからに僧形だ。

カミーユの記憶が確かなら、ジャンは六男。

家系の持続性を守るために次男以下の継承できる財産は、特別な例外を除いて全員合せて長男の三分の一を上限とすることが慣習で定まっている。

つまり、よほどの大貴族でもない限り、六番目の男子に継承できる財産はない。

貴族の生まれとはいえ、自分で生きる道を探さなければならないのだから、苦労は手に職を持つ職人以上だろう。

きっとジャンも、僧となるために相応の苦労をしたに違いない。

労いを述べようとしたところで、ジャンが輝くような笑顔を見せる。

「カミーユのこと、心配してたんだ。会えてよかったよ」

昔実家の庭で向けられたのと、同じ笑顔。

返事に窮し、コップに口を付ける。よく冷えた水が喉に心地良い。

「知り合いかい？」

この店の料理人、ソーヘイが料理の下拵えをしながら尋ねてくる。

「幼馴染みなんですよ」

カミーユが口を開く前にさっと答えてみせるジャンの横顔が、妙に懐かしい。

思い返せば、昔はジャンとよく遊びに行っていた。

父が亡くなったが、あのままずっと遊び続けるような未来も、あるいはあったのかもしれない。

ふぅん、と感心しながらソーヘイが注文を尋ねてくる。

こちらから話さない限り、ソーヘイは客同士の話には口を挟んでこない。

そういえば、小腹が空いていたんだった。今日は何を食べようか。

この店では任せておけば美味しいものが出てくるが、何か頼んでみるのも悪くない。

ふと、ジャンと一緒に川釣りに行った日のことを思い返した。

きらきらとした、夏の日の思い出。

「で、注文はどうする？」

釣りのことを思い出していたからか、考えるより前に言葉が口を突いた。

「魚を」

「何か、魚料理をお願いできますか」

期せずして、二人の注文が一致する。顔を見合わせると、ジャンが笑った。

久しぶりに会ったというのに、なんだか調子が狂う。

見透かされたわけではないのだろうが、妙な気分だ。

いやぁ今日は教会の決まりで肉を食べちゃいけない日なんだというジャンの説明を聞きながら、料理の出来上がりを待つ。

「そっちはどう？」

尋ねられて、暗澹たる気分が胸の奥で再び鎌首をもたげた。

このところ、仕事以外のことで頭を抱える問題が多い。

兄の容体は小康状態だが、医師の話を聞く限り、騎士として勤務ができるほどに回復する可能性は低そうだ。

ヴェルダン家は尚武の家系。

代々が騎士として東王国の王室に職を奉じてきた家柄だから、当主が剣を携えないというのは、外聞が悪い。もっとも、騒いでいるのは外野よりも親戚連中だ。

体面が大事だと言いながら、本当は本家の当主の座や家屋敷、土地と財産を狙っていることは、カミーユにさえ分かる。

家門を継ぐ男子を得るために婿を取れと煩い叔父叔母に又従兄。結婚は考えていないと答えると、勝手に相手探しをはじめる始末だ。

ため息交じりに愚痴ってみせると、それは大変だねとジャンも眉を顰める。

腕を組んで必死に悩んでくれるジャンの顔を見ていると、なんだか少し気持ちが軽くなったような気がした。

「ほらよ、鮭の塩焼き定食だ」

ソーヘイの出してきたのは、身のしまった焼き魚。

内陸の王都ではなかなかお目にかかれない逸品だ。

最近使い方を覚えはじめたハシで、カミーユはサケに果敢に挑む。

「カミーユ、ハシ使えるの？　僕も最近やっと使えるようになったんだ」

ふふん、と少し自慢したくなる。

じわり。

口に含んだ瞬間、脂の乗ったサケの旨みが口いっぱいに広がった。

そこへすかさず、ライスを頬張る。

これはいい。

オカズとライスを一緒に頬張ればいいというのは、前にショータローから聞いたことだが、なかなかに美味しいものだ。

サケの塩気はそれだけだと少し辛すぎるが、ライスと合わせると実にいい具合になる。

思わず止められなくなって箸を進めていると、サケの身がぐちゃぐちゃになってしまった。

「君は昔から変わらないなぁ」

そう言って笑いながら、ジャンがまだ身のついている骨から毟って（むし）くれる。

不器用さを笑われたようで抗議しようと思ったが、思い止まった。

昔からガサツで不器用なカミーユは、いじめられる兄の代わりにいじめっ子を追い回すような男勝りなところがあったが、そのカミーユを唯一女の子として扱ってくれたのがジャンだったことを思い出したのだ。

「さ、取れた」

ジャンの毟ったサケを食べ、ツミレジルというスープをすする。

温かい。

なんだか、ほっとする味だ。

心まで冷え切っていたのが、少し温かくなったような気がする。

「じゃあ、また」

「うん、またね」

食事を終えると、カミーユは足早に店から外へ出た。

なんとなく、ジャン（コキシネル）と一緒に出ることが憚（はばか）られたのだ。

見上げる空をてんとう虫が一匹、視界を横切るように飛んでいくのが見えた。

ホワイトアスパラガスの肉巻き

カラカラと引き戸を開けて入ってきたのは、見知った顔だった。

「いらっしゃいませ」

正太郎が挨拶すると、アナトール・エレボスはカウンターに力なく腰を下ろす。

見るからに疲労困憊。それを隠そうとして隠しきれていない、という様子だ。

何かあったのだろうか。

それを直接尋ねるほど、正太郎も野暮ではない。

言いたければアナトールの方から切り出すだろうし、言いたくなければ黙っている。

居酒屋の役目なんて、そういうものだ。

「や、ショータロー。ソーヘイさんは休みかい？」

「ええ、今日はお休みを頂いています」

昨日から腰が痛むということで、草平は朝から鍼灸整骨院へ行っている。

元々、店を閉じるつもりだという話も半分は慢性的な腰痛が原因だったというから、正太郎としてはこの機会にしっかりと治してほしいという思いがあった。

これまで色々な料理を学んできた正太郎だが、草平から学ぶことは多い。

長く店を守ってきた料理人としての迫力が、草平の包丁には籠もっていた。

「アナトールさん、何かあったんですか」

ビールのジョッキに口を付けるでもなく弄ぶアナトールに、正太郎は思わず声を掛ける。

以前、女性に振られたばかりだというアナトールを見たことがあるが、その時とは落ち込み方が違って見えた。

自暴自棄だった前回と比べると、沈んでいる、とでも言うべきだろうか。

お、そこを聞いてきますか、とアナトールは力なく微笑んだ。

「オレの教え子がさ、試験に落ちちゃってね」

アナトールの職業は家庭教師だ。

古くからの土地持ち貴族以外の貴族がこの王都(パリシィア)で立身出世を望むなら、その方法はいくつかに絞られる。その一つが、法律だ。

法律の知識を修めた貴族は法服貴族として王宮に出仕し、国の政治にかかわっていくことになる。

剣の貴族と羽ペンの貴族。

仮に王宮に職が得られなくても、弁護士や検事のように、法律の知識があれば食うには困らないだけの仕事があった。

法律の知識があることを証明するためには、いくつかの試験に合格しなければならない。

アナトールはその試験に合格するための勉強を教えて暮らしていた。

「それは……ご愁傷様です」

ボーナスを貰いそびれたよ、とアナトールは口元だけで笑ってみせる。

だが、本心では試験に合格できなかった教え子の将来を案じているのは、正太郎にも伝わってくる。

「そいつは長男じゃないから、親から譲ってもらえるものもないし、何とかして食うに困らないようにしてやりたいんだがなぁ」

呟くように零しながら、アナトールは漸くビールに口を付ける。

現代の日本で暮らしていると、貴族の相続なんてそれこそ別世界の話だが、就職の苦労や資格に関わる試験の話であれば、正太郎にも身近な話題だ。

「だから今日は、美味いもんを食って気を紛らわせようってわけさ」

ビールで口ひげを作りながら、アナトールはウインクをしてみせた。

アナトールによると、何か落ち込むことがあった時、気分転換に何を食べるかで人は二種類に分けられるそうだ。

一方は、いつも食べているものを、たらふくやけ食いする人間。

もう一方は、普段なら足を踏み入れることもできないような店に挑戦してみる人間。

「アナトールさんはどちらなんですか？」
チ、チ、チと気取ったふうに指を振り、どちらでもないんだなぁと、アナトール。
「馴染みの店で、普段は頼まないものを頼んでみるのさ」
なるほど、そういうのもあるのか、と感心するような騙されたような、妙な気分だ。
アナトールの注文は、豚肉を使った料理。
腕を組み、右手の親指と人差し指を擦り合わせながら、正太郎は考え込む。
煮てよし焼いてよしの豚肉だが、どんな料理がいいだろうか。
せっかくだから、美味しいものを食べて嫌なことをすっかり忘れてもらいたい。
二杯目を頼むアナトールの顔を見つつ、頭の中に浮かんでは消える候補を検討する。
草平なら、何を作るのだろうか。
無口な草平の背中を、正太郎は思い返す。
きっと何も言わずにさっと料理を作り、それでお客を満足させてしまうのだろう。
違う。草平なら何を作るかではない。自分なら、どうやってお客を満足させるのか、
という視点が大事だ。
何かいいものはないか。
「どーんとトンカツにしちゃうとか？」
他のお客へ料理を運んでいたひなたがひょいとアドバイスをくれる。
何も思いつかないのなら、確かにトンカツもよいかもしれない。

豪勢だし、特別感もある。

勝負にカツというゲン担ぎの意味でも面白い。

ただ、それではあまりに普通ではないか。

普通で悪いことはないし、アナトールにとっては珍しいものだろう。

それでもなんとなくしっくりとこないのは、いつでも店で出せるからではないだろうか。

その時ふと、正太郎は今日王都の市場で見かけたものを思い出した。

「ひなたちゃん、ちょっと買ってきてほしいものがあるんだけど」

「え、なになに？」


地産地消。

その土地でその時期が旬のものを、料理に使う。

あちこちを旅しながら料理修行をした正太郎が学んだ、御馳走の極意だ。

ひなたに市場で買ってきてもらったのは、ホワイトアスパラガス。

サッと湯掻き、豚のばら肉を巻き付けていく。

市場で見た時から思っていたが、品物がいい。本当に美味しいホワイトアスパラは旬の時期に限られた産地で採れたものだけだ。

王都のものは日本のスーパーで買うよりも、却って品物がいいように見える。

はずれのホワイトアスパラガスを食べさせられた時ほどがっかりすることはないが、旬の季節の、それも名産地のホワイトアスパラガスは、一度食べたらやみつきになる美味さだ。

「ほぉ」

カウンター越しに覗き込むアナトールも興味津々だ。

醤油とごま油、にんにくや生姜でたれを作っていく。

決め手となるのは豆板醤（トウバンジャン）だ。みりんや砂糖で味を調え、たれは完成。

肉で巻いたホワイトアスパラを炒め、たれを絡める。

香ばしい匂いが店中に広がりはじめた。

食べやすいようにザクリと斜め切りにし、皿に盛り付ける。

「お待たせしました」

「お、来た来た」

待っていましたとばかりに掌（てのひら）を擦り合わせるアナトール。

馬手（めて）にホワイトアスパラガスの肉巻きを刺したフォーク、弓手（ゆんで）に並々と注がれたビールジョッキという姿は、さっきまで落ち込んでいた人間とは思えない。

「さて、お味の方は、っと」

ぱくり。

んんっ、とアナトールがうめき声を上げた。

「こいつはいいな！」

正太郎も味見のため、皿に盛りつけなかった切れ端を口に含む。

これは、美味い。

豚肉の中にぎゅっと詰まったホワイトアスパラの旨みがじゅわりと溢れる。

豆板醤入りのたれのスパイシーな辛味との相性も、実にいい。

アナトールの喉がぐびりぐびりと鳴る。

思わず正太郎は手の甲で顎を拭った。

自分で作っておいてなんだが、確かにこれはビールが欲しくなる味だ。

「ね、ね、正太郎さん、私の分も作ってよ」

ひなたも鼻をヒクつかせながら目をらんらんとさせている。

アナトールはと見てみれば、美味そうにガツガツと肉巻きアスパラに齧りついていた。

食べやすいようにと切り分けたが、こうやって豪快に食べるなら、そのままの大きさでも面白いかもしれない。

豪快に齧りつくことで、元気が湧いてくる。そんな料理もあるだろう。

さっきまでの陰鬱な雰囲気はどこへやら。肉巻きホワイトアスパラとビールとの間で無限に往復運動を続けるアナトールを見ていると、こちらまで嬉しくなってきた。

「いやぁ、ショータロウ。こいつは美味い。ご馳走だよ」

ひなたに次のビールを注文しながらアナトールが料理に舌鼓を打っている。

「ありがとうございます」

感謝の言葉が、自然と正太郎の口を衝いた。

カレーうどんの時にも思ったが、お客さんの喜ぶ顔は何よりのご褒美だ。

「今度は当の教え子本人も連れてきたいね」

「是非是非」

教え子さんにも何か美味しいものを食べてもらいたい。

美味しい食事は、明日への活力になるのだから。

「……しかしこれ、美味いな。次はこの前勧められたホッピーってのを追加で。それとこの料理をもう一皿！」

「はい！」

その様子を見て、他の客もアスパラ巻きを注文しはじめる。

忙しそうに注文を取るひなたの背中を見て、正太郎はこの不思議な境遇に感謝するのだった。

ひなたの特製手作りパン

店へ足を踏み入れると、ふんわりと柔らかなパンの香りがアナトールを包み込んだ。

「いらっしゃいませ！」

元気よく挨拶をしてきたのは、あの黒髪の女給仕だった。

今でこそもう慣れたが、はじめてこの店を訪れた時、目の前でなんやかんやと大騒ぎされたのには随分驚いたものだ。

「アナトールさん、はい」

エールを注文しながらカウンターに腰掛けるや、アナトールの目の前にほかほかと湯気を立てるパンが置かれる。

ご丁寧にバターまで添えてあるのは嬉しいが。

「こりゃまた美味そうなパンだが」

「私からのサービスです。前にほら、みっともないところ見せちゃったし」

ヒュウと小さく口笛を吹く。

そういうところに気が付く女の子だとは思っていなかった。

アナトールの見立てでは、気風(きっぷ)のいい、酒場の女主人にぴったりな女丈夫だろうと思っていたのだが、意外に細やかな気遣いもしてみせるらしい。

これはショータローという料理人も、いい相手を見つけたもんだと思いながら、ジョッキに口を付ける。

ひんやりと冷えた黄金色の液体が、喉を潤していった。

今日も家庭教師で喋り通しだったから、この喉越しがありがたい。

口を湿したところで、パンを一口。

「へぇ！」

思わず声が出たのは、その美味さのせいだ。

パリッパリの外側と、ふんわりしっとりとした内側。

小麦の味が生きているというのだろうか。

これほど気の利いたパンを、アナトールはもう随分と食べていない。

バターをたっぷり塗り付けて食べる。

これがまた、いい。

塩気のあるバターがパンの甘さをしっかりと引き立てて、いくらでも食べられそうだ。

「これは、お姉さんが焼いたのかい？」

尋ねると、ヒナタがニッといい笑顔で笑う。

「はい。昔からこれだけは得意で」

勅任パン検査官、クロヴィス・ド・フロマンの仕事は夕方にまで及ぶ。

「こんにちは、マダム」

「お疲れ様です、フロマンさん」

芳しい焼きたてパンの香りが満ちる〈第二パン屋〉通りを、クロヴィスはゆっくりと歩く。

青々と晴れた空の下、通りには忙しなく働く人々が行き交い、小麦やパンを満載した荷車が石畳を通ってゴトゴトと揺れていた。

麦市場にほど近いこの場所では、王都(パリシィア)の人々の胃袋を満たすべく日々膨大な量のパンが窯で焼き続けられている。

クロヴィスは形のよい鼻梁(びりょう)にいっぱい空気を吸った。

深呼吸すると、店々で焼かれるパンの出来不出来が手に取るように分かる。

この店のパンは、少しばかり発酵が足りない。

ああ、こっちのは及第点。後継ぎの息子が漸く親爺さんの腕に近づいたと見える。

あちらの店からは焦げた臭い。これを買うお客さんはご愁傷様。

恰幅のよいクロヴィスが楽し気に歩いているだけに見えるが、これがパン検査官の仕事なのだ。

和やかな表情だが、その視線は鋭い。

不正なパンが販売されていないか。

嵩増しのための混ぜ物や、既定よりも小麦の量をケチった小さなパン。

人間は弱い生き物だ。きちんと見守ってやらなければ、容易に不善に手を出す。

パン検査官は、不正なパンの販売を決して許さない。

元を辿れば百年ほど前、時の国王である〈計量王〉シャルル二世が王都で販売されるパンの品質を厳しく定めたことにより、パン検査官という仕事は生まれた。

半月銀貨一枚で、既定の品質、既定の大きさのパンが一個買える。

これが王の勅命であり、パン検査官の守るべき規矩であった。

足取り軽く進むクロヴィスの眉が微かに動く。

一軒のパン屋の前で立ち止まると、クロヴィスは高い鼻の頭を擦り、店主に声を掛けた。

「ムッシュー、こんにちは」

「こんにちは、フロマンさん」

店の奥から恐る恐るといった風情で顔を出した赤ら顔のパン焼き職人の表情には、どこか怯えが交じっている。

「商売の具合はどうかね？」

「お陰様で、と言いたいところですが、正直あまり捗々しくありませんな」

なるほど、とクロヴィスは肩を竦めた。

「……だからと言って、混ぜ物はよくないな」

えっとパン屋の親爺は狼狽える。

「今年はまだ、パンにヨルステン麦を混ぜていいという布告はでていないはず。それとも私の知らない内に布告が出ていたのでしょうか？」

うう、とパン屋の親爺は項垂れた。

ヨルステン麦は寒冷地や痩せた土地でも栽培できるが、食味は劣る。その分、市場では安く手に入るが、許可なく販売用のパンに混ぜることは法令で禁止されていた。

とは言え、それはあくまでも原則。

冬になり王都の食糧が乏しくなれば、ここのところ毎年のように王城から「お優しい王女摂政宮殿下による特別のご配慮を臣下が耳にした」という形式でヨルステン麦をパンに混ぜてもよいという布告が出されるのが通例となっている。

しかし今年はまだそんな時期ではない。混ぜ物をするのは、利己的な振る舞いだ。

「生活が苦しいことは理解できます。しかし、法を犯すべきではありませんな」

「……仰る通りです」

力なく肩を落とす親爺の肩を叩き、クロヴィスは知り合いの麦商人の名前を伝える。

昔、随分と恩を売った小麦商人だ。今では立派に顔役のようなことをしているが、昔は商売の仕方も知らずに随分と困窮していたのを、何度も救ってやったことがある。クロヴィスの名前を出せば、小麦を安く融通してくれるはずだった。

「貴方のパンは美味い。真面目に働けば、きっと商売も上向きますよ」

ありがとうございますと頭を深々と下げる親爺に、クロヴィスは背中越しに手を振る。

勅任パン検査官の仕事は、忙しいのだ。

「はて？」

普段とは違う道を歩くクロヴィスの鼻が、ひくりと動いた。

間違いない。パンを焼く香りだ。

王都では販売用のパンを焼いていいのは、免許を受けたパン焼き職人だけ。

食堂や居酒屋では自店で販売する分のパンだけは焼いていいが、その手のパンは普通、お世辞にも美味いとは言い難い代物だ。

混ぜ物、嵩増し、焼き過ぎに生焼け。

以前試しに食べたパンはクルミ油の搾(しぼ)りかすがたっぷりと入ったシロモノだった。

パンというものに対する冒瀆(ぼうとく)だとクロヴィスは考えている。

だが。

この鼻を誘う芳しい香りは、どうだ。

上等なパン焼き窯で腕のいいパン焼き職人が厳選された素材から作ったパンに勝るとも劣らない薫香が、クロヴィスの鼻腔をくすぐる。

香りの出所は、と見てみると、一軒の風変わりな居酒屋が目に留まった。

「失礼」

「いらっしゃい」

店へ入ろうとしたところで、満足げな客と入れ違った。

クロヴィスが店内へ足を踏み入れると、香りがさらに強くなる。

間違いない。この店だ。

黒髪黒目の女給仕に誘われるままにカンター席へ腰を下ろす。

今まさに客が席を立ったであろうカウンター席はまだ少し温かい。

「お客さん、ご注文は何になさいますか？」

さて、ここでどう切り出したものか。

見覚えのない居酒屋から漂う上等のパンの香り。

不正な販売路があれば、勅任パン検査官として問い質さねばならないが。

左掌で口元を覆いながら数秒間考え、クロヴィスは単刀直入に攻めることにした。

「パンを貰おう」

さて、どう反応するか。

女給仕の顔色の変化を、クロヴィスは窺う。

しかし、反応は予想したものと違った。

「あ、やっぱりパン焼いたって分かります？　分かりますよね」

瞬く間に相好（そうごう）が崩れ、心の底から嬉しそうに笑み崩れる。

「正太郎さん、お客さんが、パン欲しいって！」

女給仕の注文に、カウンターの中で仕込みをしている料理人は少し驚いた顔をした。

「え、でもあのパン、特別に焼いた奴じゃ？」

「いいの、いいの。アナトールさんも美味しいって言ってたでしょ？」

居酒屋でパンかぁと呟きながら料理人が奥から出してきたのは、まごうことなきパンだった。

大きさは大人のこぶし二個分。

法律で定められた半月銀貨（ドゥミ・リューヌ）一枚で買えるパンの大きさと合致する。

いや、心もち大きい。

昔は腹を空かせた貧しい人のために篤志（とくし）でパンを大きめに焼いた店もあったというが、近年では少しでも目方を誤魔化そうと各パン屋がしのぎを削っている。その中で、この大きさは実に素晴らしい。

「では」

手に取り、香りを確かめる。

やはり、パンはよい。

鼻腔を通り肺腑へと流れ込む小麦の柔らかな香りが、クロヴィスの頬を自然と緩ませる。

パクリ。

「んむ？」

一口食べて、しっかりと味わうはずだった。

それなのに気付けば、口の中にもうない。

おかしいと思いながら、もう一口。

……やはり、消えた。

美味いのだ。

美味すぎて、パンが消える。

長年パンに携わってきたクロヴィスだが、市井のパンでこんな経験は、はじめてのことだ。

「お嬢さん、このパンはとても美味しいですね」

「ありがとうございます！　私、パンだけは自信があって」

でへへ、と後頭部を掻きながら照れて笑み崩れる女給仕の顔には、衒（てら）いはない。

ね、正太郎さん、この人も美味しいってさ、と料理人に嬉しそうに報告する女給仕は、ヒナタという名前のようだ。

バターを付けてもう一口頬張りながら、クロヴィスはふぅむと考え込む。

このパンは、美味い。

食べ較べをすれば内膳司にパンを卸しているノーマンの親爺のところの方に軍配を上げる者も多いだろうが、彼ももう随分な歳だ。

いつまでも同じ味で焼き続けられるかどうかは分からない。

「ヒナタさん、だったかな？」

クロヴィスが勅任パン検査官の身分を明らかにすると、ヒナタはきょとんとした。

「実は、君に提案があるんだ」

王宮のパンを焼いてみないか。

この口説き文句に抗えるパン職人は、クロヴィスの知る限り、いない。

自分の焼いたパンが〈幼王〉ユーグの口に入るのだ。

それはこの国でパンを焼く上で、これ以上望みようもない栄誉であり、パン作りに携わる者であれば誰もが夢見る幸福であるはずだった。

「どうだろうか？」

念を押すように尋ねるクロヴィスに、ヒナタは笑顔で答える。

「お断りします」

「なっ！」

何を言っているのだろう。

想像もしていなかった答えに、クロヴィスは狼狽えてしまった。

この黒髪の女給仕は、目の前に差し出された幸運の女神の手を振り払おうというのか。

「今日お出ししたパンは、私が顔の見える人のために焼いたパンです。材料も、手間も、妥協せずに焼いています」

そうだろう。今味わったパンは、そういうパンだった。

王には、そういうパンこそが相応しい。

だからこそクロヴィスは異例の誘いをかけたのだ。

それなのに、何故。

「この街でパンを焼いて売るためには、厳しい決まりがあると聞きました。採算のために、材料にも手間にも、色々と制限がある。つまり、職人は全力を出せないってことですよね？　そんな条件で焼いたパンと較べても、腕は分からないと思うんです」

ああ、とクロヴィスは内心で拍手をした。

限られた条件の中で最善を尽くした街のパン屋のパン。

材料にも手間にも糸目を付けずに誰かのために焼いたヒナタのパン。

それを同じ条件で較べることが、そもそもの間違いだとヒナタは言っている。

同じ条件でパンを焼けば、街にもっと上手い職人がいるに違いない、とも。

「なるほど、分かった」

さっぱりとした表情でたたずむヒナタの顔を見て、クロヴィスはこれ以上口説いても無駄だろうと悟った。

ならばこれ以上無理強いはすまい。

それが勅任パン検査官の矜持である。

「ところで、一つ頼みがあるんだが」

輪切りにしたパンにオリーブオイルで軽く味を付けてトーストし、そこに玉葱とバジル、それに生ハムを乗せる。

単純なブルスケッタだが、これがエールによく合う。

「やはり、こうやっても美味いな」

クロヴィスの食べ方を真似して、周りの客もブルスケッタを注文する。

ヒナタに王宮用のパンを卸してもらう話では振られたが、今日はいい居酒屋を一軒見つけたから良いとしよう。

追加のブルスケッタとエールを注文しながら、クロヴィスは満足げに腹を撫でるのだった。

モンブラン

しとしとと降りはじめた小雨の香りが、辺りに漂う。

カミーユ・ヴェルダンは目を閉じ、胸いっぱいに空気を吸い込んだ。

この不思議な香りは、土精(リュタン)が土の中で菓子を焼く匂いだという。

そんなことを教えてくれたのも、隣を歩く兄だった。

「兄上、今日は出歩いて大丈夫なのですか?」

ああ、大丈夫だよ、と兄は笑う。

白皙(はくせき)の美青年、とでもいうのだろうか。

実の妹であるカミーユの目から見ても、兄の儚(はかな)げな見目は、麗(うるわ)しかった。

元々、カミーユの兄クリストフは身体がそれほど強くない。

親戚連中から文弱の誹(そし)りを受け続けた兄の不幸は、父が早世したことだろう。

自慢ではないが、ヴェルダン家は名門だ。

その系図は継承戦争の時代にまで遡(さかのぼ)る。

尚武(しょうぶ)の家系と名高いヴェルダン家は、所領を安堵される代わりに、国に忠節を誓う。

「ヴェルダンの家督継承者は、王城に奉職すべし」

ありふれた御家騒動だ。

身体の強くないクリストフには王城での騎士としての激務が不可能だと知っている親戚連中が、下らない政略を仕掛けたのを、今でもカミーユは憎々しく思う。

口を開けば「身体の弱いクリストフを思いやってのことだ」などと言うが、名門ヴェルダン家の継承権を自分たちの家系へと移したいという狙いは明白だった。

「それにしても、今日は楽しみだね」

以前から居酒屋ゲンの話をカミーユから聞いていたクリストフが、どうしてもそこで食事をしてみたいと言い出したのは数日前のことだ。

王城で〈国王の楯〉の騎士としてカミーユが勤務している間、兄が家で何をしているのかカミーユは知らない。

きっと、書帙を相手に寂しく過ごしているのだろうと思う。

だからこそ、外であった面白いことや楽しいことは、残らず兄へ報告するようにしている。

居酒屋ゲンの話題は、その中でもクリストフのお気に入りだった。

カミーユが面白おかしく話すたびに、自分もそこへ行って食事がしてみたいと呟く。

それならばと連れ出そうとすると「まだ早いかな」とすげなく断られるので、カミーユとしてはやきもきしていたのだ。

今日のクリストフは、思ったよりも体調がよさそうだ。

「薬師からも随分と具合はいいと言われているんだよ」

あまり心配しなくていいからね、と健気に笑うクリストフの言葉の裏を、カミーユは計りかねている。

「今日は、大事な話もあることだし」

「あ、兄上！」

思わず、声を上げた。

「ん、なんだい？」と首を傾げるクリストフ。

カミーユは、「いえ、なんでも」としか返せない。

大事な話。

内容の予想は、ついていた。

妙に清々とした兄の表情が、そのことを物語っている。

カミーユの、見合い。そして、結婚。

クリストフ自身がヴェルダン家の家督を継ぐことを、諦めるということだった。

そもそも、今のカミーユとクリストフの立場は微妙だ。

病弱なクリストフの代理として、女の身であるカミーユがヴェルダン家の職責を果たす。

本来では決して認められそうもない、抜け道だ。

許されたのは偏(ひとえ)に、前(さき)の王女摂政宮、セレスティーヌ・ド・オイリアのお陰だった。

「莫迦莫迦(はかばか)しい。女を騎士として扱うというのですか？」

ヴェルダン家の親戚連中や群臣が口々に異議を唱える中、セレスティーヌが言い放った言葉を、カミーユは生涯忘れることはないだろう。

「女であるカミーユ・ヴェルダンが騎士として城を守れぬというのですか。それならば、女の私も摂政宮として国を守ることなどできぬ、と言いたいのですね？」

東王国(オイリア)に忠義を誓う諸侯の旌旗(せいき)がはためく〈紐帯(リアン)の間〉に跪(ひざまず)くカミーユの手を取り、セレスティーヌは優しく微笑んだ。

「王家の藩屏よ。誉れある〈国王の楯〉よ。貴女の献身に、東王国は必ず報います」

そのセレスティーヌも、今は東王国にいない。

帝国で幸せな出会いをし、幸せな結婚をし、幸せに暮らしている、と聞いている。

庇護する者がいなくなったからといってカミーユのことを、職場の騎士たちはぞんざいに扱ったりはしない。尊敬できる仲間たちだ。

しかし、親族連中は、別だ。

集まる度に、口を開けば「家を絶やしてはならない」と喧(やかま)しい。

〝継ぐ〟というのが大切なことはカミーユにも理解できる。

だがそれは、クリストフが妻を娶(めと)って子をなしてからでも遅くないはずだ。

親戚連中が危惧していることも、分かる。

想像したくはないが、兄の身に万が一のことがあった場合に、家の継承にどんな問題が起こるか分からないということだ。

だから、カミーユを早く結婚させたい。それも、親戚連中の中から選んだ者と、だ。

血を繋ぐための、愛のない結婚。

カミーユの敬慕するセレスティーヌと、真逆の婚姻だ。

兄であるクリストフが、ずっとカミーユを庇ってくれていたことは知っている。

きっとそれが、限界に達したということなのだろう。

ニヤリ、とカミーユは不敵に口角を上げた。

だがしかし。

このカミーユ・ヴェルダンが親戚連中の企みに唯々諾々と従う謂れはない。

現状を完全に打開する方法はまだ思いつかないが、時間稼ぎの策だけは用意してあるのだ。

クリストフの口元が、不意に綻んだ。

「え、どうされたのですか、兄上」

「いや、カミーユはいつも表情がクルクルと変わって楽しいなあと思って」

「そ、そんなことはありません！」

誉れある〈国王の楯〉たるカミーユが、花も恥じらう乙女のように一喜一憂してみせるはずなどないではないか。

プリプリと怒りながら兄を案内していると、目指すべき場所へと辿り着いた。

「さ、兄上。着きましたよ」

居酒屋ゲン。

いつの間にか現れた、不思議な店だ。

ガラガラと戸を引き開けると、カミーユの用意した〈策〉が待ち受けていた。

「ご、ご無沙汰しております、お義兄(にい)さま！」

ジャンだ。

ヴェルダン家とも家族ぐるみの付き合いのあった、ド・ルナール家の六男坊。

今は聖堂で侍祭(アコライト)として勤めている。

これこそが、カミーユの用意した秘密兵器だった。

彼とカミーユが「良い仲」であるということにして、時間を稼ぐ。

相手がいれば、親戚連中も見合いや結婚を無理強いはしないはずだ。

しかし、会って早々に「お義兄さま」は少しやり過ぎではないだろうか。

「あれ、ジャンじゃないか。久しぶりだなぁ！」

クリストフもジャンを思い出したのか、楽しげに肩を叩く。

「ええ、実はカミーユと少し前にこの店で再会しまして」

「それは僕には教えてくれなかったなぁ。カミーユも隅に置けないじゃないか」

兄が相好を崩すと、それだけで場の雰囲気が和んだ。

「どうぞ、テーブル席へ」

ヒナタに案内され、三人でテーブル席へ腰を落ち着ける。

「それでカミーユ、今日は何が食べられるんだい？」

「え……あ、それは……」

何も準備をしていなかった、とは口が裂けても言えない。

ジャンと示し合わせるだけで、精いっぱいだったのだ。

「そ、それは出てきてからのお楽しみです！」

慌てて、ジャンが助け舟を出してくれる。こういうところは昔から変わらない。

クリストフがくすくすと楽し気に微笑む。

「そうだね。何か、お祝いに相応しい料理だといいのだけれども」

お祝い？　クリストフの言葉に、カミーユは首を捻った。

何かお祝いするようなことがあっただろうか。それとも優しい兄が、カミーユの見合いと結婚の話を「祝い話」ということにして、せめてもの慰めにしようとしてくれているのだろうか。

「一品目は、長芋のすりながしです」

ショータローの出してきたスープは、とろりとした真っ白な一皿だった。

「へぇ」

一口啜って、クリストフが嘆声を漏らす。

「はじめて飲む味だけれど、身体の中から温まるね」

カミーユも一匙食べて、ほぅと溜息を吐いた。

小雨に振られた身には、この温かさはご馳走だ。それに、胃にも優しそうだ。

はっとして、ジャンの方を見る。にこりと微笑んで頷くところを見ると、ショータローに話を通してくれていたのだろう。

兄クリストフは身体が強くないから、食べるものにも気を使うべきなのに、肝心なところを失念していた。

本来ならカミーユが伝えておくべきところを、ジャンが肩代わりしてくれた格好だ。クリストフに見えぬようにビシリと親指を立て、感謝を示す。

こういう気の使い方は上手いのに、ジャンはどうして教会でいつまでも侍祭のままなのだろうかとふと気になった。

きっと、全てに気を回し過ぎて訳が分からなくなってしまうのだろう。

昔から、ジャンにはそういうところがあった。少し抜けていると人から謂れのない誹謗中傷を受けるカミーユとは、同じ抜けているにしても、ちょっと違うのだ。

そこから出てきたメニューも、素晴らしい。

ロールキャベツは味がよく染みて食べやすかったし、「鶏肉のカクニ風」という料理もはじめて口にしたが、実によかった。

兄が健康になったら、カクニという地方へ旅をしてもいい。

トロットロに柔らかく煮込んだ鶏肉の繊維質が口の中でほろりと崩れる味わいはカミーユにそう思わせるだけの美味さがあった。

はしたなく、お代わりを頼みそうになってしまったのは、内緒だ。

「さて、それじゃ、今日の本題に入ろうかな」

ナイフとフォークを揃えて置き、クリストフが口元を拭った。

カミーユの鼓動が、早くなる。

今、ジャンとの話を切り出した方がいいのだろうか。

どうしたものかとジャンの方を見ると、あちらはあちらでまごまごしている。

ええい、ままよ。

「じ、実は兄上……」

途中まで口にしたところで、カミーユの言葉はクリストフの声にかき消された。

「じゃじゃーん」

普段は見せない稚気(ちき)に満ちた声と共にクリストフが鞄から取り出したのは、一枚の書類だ。

上等の羊皮紙は公文書にしか使われないような立派なもので、カミーユが普段、〈国王の楯〉で始末書を書かされるものとは質が違う。

「カミーユ、中身を読んでみてくれるかい？」

「拝見します」

クリストフから手渡された書類を見て、カミーユは思わず飛び上がった。

「あ、兄上、これは！」

うむ、と頷くクリストフ。

そこには、自由八科と教導聖省法、それに市民法の全てを修めたという旨が記されている。

つまり、法服貴族としての職に就くことのできる証明書、というわけだ。

「す、すごい……いつの間に」

「いつの間にって、カミーユは仕事でいつも家にいなかったじゃないか」

思い返してみれば、鵞鳥の羽根ペンやインク、羊皮紙のおつかいを頼まれることが妙に多かったような気がする。あれらは全て、法律の勉強のためだったということか。

これまでの謎が全て解けてよかったという気もするし、気付かなかった自分の愚かさを少し呪いもする。

もっと早くに兄の目的に気付いていれば、応援することもできただろうに。

「おめでとうございます！」

ジャンが満面の笑みで拍手をすると、クリストフが照れたように頭を掻いた。

こんなに嬉しそうな兄は、しばらく見たことがなかったという気がする。

「それともう一通」

こちらの方は、さらに上等な羊皮紙だ。

既に開封されているが、封蝋の紋章を見てカミーユは驚いた。

〈葉附き薔薇〉の紋章。

これを捺すことのできるのは、王家の発給する公文書だけと定められている。

恐る恐る視線を走らせると、内容は簡潔極まりなかった。

『ヴェルダン家のクリストフ。上の者を王室書記官に任ずる。ユーグ二世』

「お、おおおおお！」

両手で羊皮紙を捧げ持って立ち上がり、ジャンやヒナタに見せて回る。

兄が、王室書記官に。王室書記官といえば、文官の出世の第一歩と目されている役職だ。

隠れて法律を勉強していたのにも驚いたが、まさか任官までされているとは。

「兄上、おめでとうございます！」

おめでとうございます、という声が店内のあちこちから上がる。

〈ヴェルダンの家督継承者は、王城に奉職すべし〉

そうだ。

家訓には「王城に奉職すべし」とは書かれているが、「騎士として」などとは一言も書かれていないではないか。

これで、名実ともに、クリストフがヴェルダン家の家督を継いだと誰愧じることなく内外に宣言することができるということだ。

「やりましたね、兄上！」

うんうんと笑顔で頷くクリストフの眦には、うっすらと涙が見える。

本音を言えば、このことを自分にも打ち明けてくれなかったことには若干の不満があった。

だがそれも、優しいクリストフがカミーユを思ってのことだろう。

今日は、ヴェルダン家にとって、本当に幸せな日だ。

「そういえばカミーユ、さっき何か言いかけていたようだけれど」

「え、あ、いえ、特に何も、ははは……」

気まずそうな、それでいて少しほっとしたような、それでも少し残念そうなジャンに視線で詫びながら、カミーユは目の前のグラスの中身を一気に干す。

白ワインが実に美味い。

「これは、お店からです」

ヒナタが持ってきたのは、モンブランだ。

わーい、と言いそうになり、ゴホンと咳払いで誤魔化す。

ちょうどデザートが欲しかったとは、〈国王の楯〉としては、口が裂けても言えない。

「あ」

〈国王の楯〉。

そこでふと、とんでもないことに気が付いた。

カミーユが騎士として奉職しているのは、兄の代理だ。

その兄が書記官として任官されたということは……

「心配しなくていいよ、カミーユ」

モンブランに慎重にフォークを入れながら、クリストフの表情はどこまでも優しい。

「〈国王の楯〉の将軍にどうしたらいいか問い合わせたら、カミーユにはまだまだ働いてもらわねばならん、だってさ」

謹厳実直が全身鎧を着たような将軍の髭面を思い出す。

確かにあの将軍なら、そんなことを言いそうだ。

本当はもう少し余計なことを付け加えたんだろうが、それを敢えて言わないのも兄の愛に違いない。

「兄上、本当におめでとうございます！」

ほろ酔い加減で店を出ると、いつの間にか雨は上がっている。

満天の星空の下、カミーユは何年かぶりにクリストフと手を繋いで家路につく幸せを心の底から堪能していた。

きつねと草平

静かな夜だ。

あまりに静か過ぎて、自分がまだ生きているということさえ忘れてしまいそうな、そんな夜だと草平は思った。

厨房を片付ける自分の息遣いまで聞こえてくる。

心が、落ち着いているからかもしれない。

ガラリ、と音がして、不意に表の引き戸が開いた。

おかしいな、戸締りは確かにしたはずなんだが。

まだ物忘れの出る歳でもない。とはいえ、うっかり鍵を閉め忘れたかもしれなかった。

「すみません、もう暖簾なんです、よ……」

手を拭いながら詫び言をいう言葉が、詰まる。

そこで嫣然（えんぜん）と微笑む娘の姿に息を呑んだ。

水干（すいかん）、というのだろうか。

神社の巫女(みこ)さんが身につけていそうな格好の娘が、そこに立っている。

「ああ、すみません。どうぞお入りください」

「うむ、邪魔するぞ」

ごくごく自然に、草平は娘を店内へ招き入れた。

掃除のためにカウンターへ上げた椅子を下ろし、腰を下ろしていただく。

「申し訳ないことです。こんなところへお越しいただいて」

「ん？　よい店ではないか」

「神様の御使いにそう仰(おっしゃ)っていただけると、店を続けていた甲斐がありますよ」

草平の言葉に娘の瞳が一瞬、刀の切っ先のように細められ、そこからまた柔和に戻った。

「なんじゃ、気付いておったのか。詰まらんな」

「これでも男ですから」

毎日通っている神社で見る、狛犬(こまいぬ)ならぬ狛狐の眼を忘れるはずがない。

この娘は、狐だ。

稲荷神社に祀られる祭神の、御使い。

雨の日も風の日も、草平は毎朝毎朝飽きもせずに参り続けてきたが、直接お目にかかるのは、これがはじめてのことだ
「いろいろと、ありがとうございます」

自分なりに上手くやれたという気がする。

店が異世界へ繋がった時、はじめは自分の正気を疑った。

けれども、いつも通りに店を開ければ商売は成り立ちそうだ。そう気付いてからは、

この店に纏(まつ)わる噂では、狐が素性のよい客を店に招いてくれていたという。それも

きっとこの娘のお陰だろう。

「うむ、まぁそこはいろいろとな」

「何、気にすることはあるまいよ」

くつくつと少女のように笑ってみせる狐は、本当に愛らしい。

どことなく、妻の若い頃に似ているな。

そういう、埒(らち)のないことも考えるだけの余裕が草平には生まれつつあった。

「それでお使い様、こういうことは、不慣れなのですが」

「不慣れ？　閉店後に客を招き入れることか？　それは不便をかけたな」

「いえ、そうではなく」

少し食い違う話も、人と神との交流と思えば、少しも苛立たない。

むしろ今の草平には、それすらも楽しく思える余裕があった。

「……で、いつ私は、死ぬんですかね」

頭に巻いた布を取り、自分も椅子に腰を下ろす。

娘と、草平。カウンター席で、ちょうど向かい合うような格好だ。

自分の死については、随分前から考え続けていた。

随分と歳の若い親戚である月子が死病に侵(おか)された時、自分の寿命をあげてもいいから助けてくれと稲荷神社に参詣をはじめたのが、全てのはじまりだ。

誰にも秘密にしていた。

なのに当の月子は何故か草平の献身を知っていて、いつの間にか華燭(かしょく)の典(てん)まで挙げることができた、という次第だ。

……もちろん、親戚連中にはほとんど絶縁に近い条件を突き付けられ、一時期は駆け落ちに近い暮らしをしていたのは事実だったが。

「……くく」

娘の口元が、綻ぶ。

その笑顔を見てほっこりとするのは、やはり月子に似ているからだろうか。

やっぱり、好きだったんだな、と草平は再確認した。

百度参りをはじめた時は、親戚の子供を助けたい一心だったはずだ。

それが慕情だと気付いたのは、今。

〝死〟の間近というのが、皮肉だ。

「あーはっはっはっはっ」

腹を抱え、娘が哄笑する。

隠す気さえ失ったのか、耳も尻尾も放り出し、少女のように笑い転げる。

「葦村草平、お主まさか、妾がそなたを迎えに来たと思ったのではあるまいな」

「戯れはおよし下さい。私は今日死ぬのでしょう。お出迎え、感謝いたします」

「いやいや、死なんよ」

「そんなこと仰らずに、連れて行ってください」

「今日店に来たのはそういう話ではないのじゃ」

〈葦村の呪い〉という言葉がある。

江戸の中期、この辺りが鬱蒼とした森に覆われていた頃、生糸商人の手代のようなことをやっていた葦村の家祖と、狐との間に何かあったらしい。

古い民俗誌を見れば事の顛末が書いてあるようだが、草平には関心がなかった。

大事なのは、葦村の男子は皆、きっかり六十前後で亡くなるということ。

草平の兄という例外はあったが、草平の父も、祖父も、曽祖父も、そのまた父も、みんな六十で蝋燭の灯が尽きるように、身罷った。

だから、自分の番もそろそろだろう。

店を閉める決断をしたのも、そのためだった。

もう一度開ける決心をしたのは、なんだか面白そうだったからだ。

自分は、料理が好きだ。料理で客をもてなすことが好きだ。料理で人を笑顔にするのが好きだ。居酒屋げんを再開したのは、それが理由だった。

それと、もう一つ。

カンターに隣掛けで座る草平に、娘が向き直った。

娘が、神妙な顔になる。心なしか、霊圧のようなものさえ草平は感じた。

「葦村草平、妾はそなたを召しに来たわけではないぞ」

「……そうなのですか？」

「それはそうよ。間もなく死ぬる人間のために、わざわざ伊勢やら出雲やら鹿島やら諏訪やら熱田やらに出向いて、七面倒くさい手続きをしてまで扉を開けるものか」

「じゃあ……」

娘がまた、嫣然と微笑んだ。

「客じゃよ、妾は。そなたの作る食事を食べに来た」

片付けた調理器具をもう一度取り出し、草平が料理の支度をする。

「〈葦村の呪い〉についてはすまんことをしたのぅ」

心底申し訳なさそうに、娘が詫びた。

聞けば、葦村家はもっと短命だったのを、狐の加護でなんとか伸ばしていたのだという。

その限界が、六十だった、ということらしい。

「ご先祖様は知りませんが、親父も爺さんも、感謝していたと思いますよ。毎年、稲荷神社には必ず詣でていましたから」

悔恨と、無力感と、諦念と、人のような定命の者を相手にする寂寥感との入り混じった表情で、娘は小さく溜息を吐いた。

「それで、何を作ればよろしいですか？」

今日死ぬと思ったのが、死なずに済んだのだ。何でも作ろうと草平は心に決めている。

「……これはお主には少し酷かもしれん注文となる」

「と、言いますと？」

「妾も色々な店を覗いてみたのじゃが……置いてある店が、ほとんどない」

きっと難しい料理なのじゃろうなぁと娘が嘆息した。

「それで、その料理というのは？」

草平が尋ねると、娘は少し恥じらうように一拍置いてから、メニューを呟く。

「……おこさま、らんち」

照れくさそうな娘の表情を見て、草平は困った。

「いえ、それはお出しできません」

草平は、即答した。

「やはり、お主にもおこさまらんちは作れなんだが……」

あ、いえ、それは……と草平の視線が娘のしゅんと垂れた尻尾に注がれる。

「お子様ランチには欠かせないハンバーグに含まれるタマネギは、イヌ科であるキツネには猛毒でして……」

刹那、娘は唖然とした表情を浮かべた。

あと十七分で世界が終わりを迎えると聞かされたアメリカ大統領のような表情だ。

「う、嘘じゃ……」

「……いえ、本当です」

妻の月子の実家の大黒(おおぐろ)家では昔、犬を飼っていた。

親戚というよりも分家に近い扱いだった葦村の子供たちは、犬目当てによく大黒の屋敷へ遊びに訪れたものだ。

だから、犬に食べさせてはいけないものについては、一通りの知識があった。

懐からスマートフォンを取り出した娘は、どこかへ電話をはじめる。

「……夜分遅くに畏れ入ります、はい。妾です。いつもお世話になっております。先日の件は大変お世話になりました。お陰様で、なんとかなりそうです。先方にもよろしくお伝えください。いえ、本日お電話したのは、まったくの別件でして……」

神様の世界にもいろいろあるんだな、と草平は思った。

神通力か何かで連絡するわけではないらしい。

「……なるほど！　そうなのですね！　つまり、御使いであれば問題ない、と。ご教授いただき本当にありがとうございます！　助かりました！　失礼いたします」

通話を切り、娘がスマホに深々とお辞儀をする。

そして、草平に向かって勝ち誇った笑みを浮かべた。

「狐はタマネギを食べたら絶対にダメじゃが、御使いたる妾は大丈夫らしい！」

さすがは神、といったところか。

見た目はどう見ても狐の眷属なのに、タマネギを食べても大丈夫だとは。

神の力に感心しつつ、草平は料理の支度をする。

心なしかいつもよりタマネギの量を少なめに。

「お子様ランチ、お待たせ」

「ほほおぉ」

目をキラキラさせ、娘がお子様ランチの乗ったプレートの匂いを嗅ぐ。

嗅覚で、視覚で、そして味覚でお子様ランチを味わい尽くすつもりらしい。

エビフライ。

ポテトサラダ。

ケチャップでべったりと甘く味付けしたナポリタン・スパゲッティ。

旗の立ったピラフ。

そして、ハンバーグ。

「いただきます！」

手を合わせて神棚に一礼すると、娘は箸でお子様ランチに挑みかかる。

持ち手はすこし怪しいが、問題はないようだ。

見る見るうちにお子様ランチが平らげられていく。

はぐはぐと口の回りが汚れるのも気にせずに食べる娘の姿は、愛らしい。

お子様ランチなんて、作ったのはいつぶりだろう。

昔、まだ居酒屋よしむらが仕出し弁当をやっていた頃に作ったのが最後ではないだろうか。

よしむら名物、お子様ランチ弁当。

運動会や行楽シーズンの度、居酒屋よしむらには忙しい家庭から注文が殺到した。

あれから随分と経つが、そういえば自分の作ったお子様ランチを誰かが食べるのを見るのは、もっと久しぶりだ。

瞼の裏に、争うようにエビフライを取り合うひなたと奈々海の姿が浮かぶ。

草平はしばらく、お子様ランチと格闘する娘の姿をじっと見つめていた。

「正太郎に、店を譲るのか」

満腹になったのか、お腹をぽんぽんと撫でさすりながら娘が問う。

「はい」

草平の言葉に、躊躇いはない。

「よい後継者を得たな」

「はい」

それに、よい婿も。

昔は、ひなたにも奈々海にも、店に縛られて欲しくないと思っていた。

娘二人の生き方は、娘二人が決める。

それが正しい在り方だし、草平の仕事は雛が巣立つのを介添(かいぞ)えするまでで終わり。

親としてできることは終わったと思った矢先に、ひなたが榊原正太郎を連れてきた。

その眼に、草平は思わず胸を打たれたのだ。

自分と共に終わるはずだった店を、継いでくれる。

残らないなら残らないでいいと思っていたものが、思いがけずに残るかもしれない。

草平にとって、望外の喜びだった。

店の名前や形は、どんな風にしてもらっても構わないと思う。

多国籍料理店にしてもいいし、もっと別の、想像もつかない形にしてくれても構わない。

もちろん、そのままの大衆居酒屋の形を維持するのも正太郎の勝手だ。

つまり、自由にやって欲しい。

それだけが、葦村草平の願いなのだ。

「草平、いい顔をしているな」

ありがとうございます、と頭を下げる。本当に幸せな、幸せな生涯だ。

「ところで草平、また店に来てもよいか」

「もちろんです……あ」

「……どうかしたか？」

訝しげな娘に、草平は頭を掻く。

「奈々海が……次女がいるときは、避けた方がいいかもしれません」

それもそうじゃな、と娘が呵々大笑する。

不思議な夜は、静かに更けていった。

家族

「……草平さん、大事なお話があります」

閉店後、客の帰った店内で、草平はいつになく真剣な表情の正太郎にそう話しかけられた。

見ればその隣でひなたまでが神妙な顔をして黙っている。

話の内容には、一瞬で見当が付いた。

「ん」と、敢えて何でもないことを聞いたかのように返事をする。

鍋を火から下ろして、左の掌で覆うようにして顎を撫でた。

ついに、この時が来たのか。

娘を嫁に出すというのは、葦村草平の人生六十年で、はじめての経験だった。

「今日は、もう遅い。明日はちょうどこっちも安息日だっていうから、休みにしようと思っていたところだったんだ。明日でも構わないかい？」

はい、もちろんです、と正太郎が答える。

ひなたも目を輝かせているのを見て、ふと気が付いた。

そう言えばこのところ、二人の休み希望が揃っている日がいくつかあったという気がする。

全日の休みではなく、半休が重なるような形だ。だから草平にかかる負担は少なかった。

今にして思えば、二人して作戦を練っていたのだろう。

草平がタオルで顔を拭ったのは汗を拭くためだけではない。隠そうとしても隠し切れない口元の笑みを二人に気取られないようにするためだった。

「あんまり早いのも、なんだからな。明日の午後一時、場所はここでどうだ?」

「はい!」

腰を九十度に折って礼をする正太郎を見て、草平は微笑ましく思う。

なんだか、とても不思議な気分だった。

自分にはこういう経験を、ついにせずにここまで来たのだ。

妻の月子とは、駆け落ち同然だった。

だから、こういう挨拶の席は、する方もされる方もはじめてなのだ。

歳の差を考えれば、反対は当然のことだろう。

当時は草平も若かった。

あちらのご両親とは疎遠というよりも険悪で、娘のひなたと奈々海が生まれるまで、電話にも出てもらえなかったのだ。

いや、草平自身も意固地になっていたのだろう。

それを考えれば、今の自分は、なんと幸せ者なのか。

榊原正太郎という人物については、一緒に仕事をして、よく知っている。

猪突猛進なところのあるひなたを任せるのに、これほどの相手はいないだろう。

ひなたと奈々海。

二人の娘の結納と式を挙げる資金は、こっそりと別に貯えてある。

思わずにやけそうになる頬をぴしゃりと叩き、草平は真面目腐った顔をした。

「ま、なんの話かは知らねぇが、時間通りにな」

「はい、もちろんです！」

明日は、泰然自若として臨もう。そう誓う、草平であった。


「……父さん、いい加減に落ち着いて」

「あ、うん、そうだな」

動物園の熊のように座敷を歩き回りながら、草平は上の空で奈々海に返事をする。

ひなたは、正太郎と一緒に来るらしい。

実を言えば、朝の三時半からずっとこんな調子だ。

店を掃除し、店前も掃き清め、風呂にも入った。稲荷神社には三回も詣でたから、賽銭は合計で三万円。ちょっとした結婚式のご祝儀を包んだような額である。

時間が、妙にゆっくりと過ぎている気がした。

時計の音が耳に大きい。

その時、裏の戸が開く音がした。

慌てて奈々海に「お前が行け」とハンドサインを送ると、「なんで私が」と、こちらも律義にハンドサインで返してくる。

梃でも動かない草平に業を煮やし、しぶしぶ奈々海が動き、少しして戻ってきた。

特に何も言わず、座って湯飲みの茶を啜る。

「え？　で？」

「ガスメーターの検量だってさ」

なんだ、そうか、と胸を撫でおろした。

壁時計をぼんやりと見つめながら、呟く。

「母さんは、やっぱり無理だったか」

「メールはしたけど、そりゃあ無理でしょ。今、商談でフランスかどこかにいるはずだし」

「フランスって言うと、あれか。ナポレオンとかエッフェル塔の国か。そりゃ遠いな。魔法か何かでもないと、間に合わんな」

「……別の世界で堂々と営業している人間の言う言葉じゃないわねぇ」

呆れたように奈々海が呟くのと、正太郎の声が裏から響いたのはほぼ同時だった。

「お、お邪魔します！」

時計を見ると、きっかり午後一時。ひょっとすると、時間まで家の前で待っていたのだろうか。

だとすると、さっき外へ出た奈々海と一言二言交わしていたかもしれない。

ちらりと奈々海の顔を窺うと、にやりといい顔で笑う。やはりそうなのだろう。

スーツ姿の正太郎とひなたを、草平は座敷に招いた。

茶は草平が淹れるつもりだったが、奈々海が代わってくれるという。

こういう時、男親は壁の如くにどっしりと構えておくもの、ということだろうか。

コトリ、と奈々海が湯飲みを置く音が、響く。

草平と、奈々海。

正太郎と、ひなた。

向かい合って、無言で座る。

長い、長い、沈黙。

先に口を開いたのは、正太郎だった。

「あ、あの……実は……」

残る三人が、固唾（かたず）を飲んで正太郎の言葉に耳を傾ける。

「あの……」

「あ、少し待って下さる？」

そこへふらりと、妙齢の女性が現れたかと思うと、草平の隣の席へ滑り込むように座った。

「え？　あ？」

「草平の妻です」

おかあさん！　間に合ったの？　とひなたと奈々海が驚愕の声を上げる。

「間に合わせました」

長い黒髪に、凛とした顔を見れば、ひなたと奈々海の母親なのだと納得する顔立ちだ。その月子が「間に合わせた」と言うのだから、なんとか都合をつけたのだろうと皆、納得するしかない。

「草平さん」

「……はい」

「大事なお話の時には、ちゃんと呼んでくださいと言ってあったはずですよね？」

「あ、うん。申し訳ない」

これには草平も小さくなるしかない。

娘を嫁に貰いに来る男を家で迎える、というイベントの大きさに、うっかりしていた。

「改めまして、ひなたと奈々海の母の月子です。以後、よろしく」

「よろしくお願いいたします」

深々と頭を下げる正太郎と、周りの様子を窺ってから一緒に頭を下げてみるひなた。

「それで、今日はどういったお話なのかしら」

一番後から来た月子に仕切られる。

だが、確かにこのままでは話が一歩も進みそうにない。

気圧されそうになりながら、正太郎が、勇を奮って、宣言する。

「あ、あの、草平さん、お願いがあります」

うん、と草平が腕を組む。運命の一瞬だ。

「……お店を、このお店を、僕に下さい！」

「……え？」

「……ん？」

「……あら？」

思いもしない展開に呆気に取られる草平、月子と奈々海の三人の反応に気付いてから気付かずか、正太郎は紫色の袱紗を懐から慎重に取り出した。

「ここに、三百万、あります」

必死に貯金し、掻き集めたのだろう。

帯封さえしていない一万円札の束が、袱紗の中には包まれていた。

手早く札を勘定し、「確かに三百枚あるわね」と報告する奈々海。こんな芸当、どこで憶えたのだろう。

「少しの間でしたけど、このお店で草平さんと一緒に働かせてもらって、とてもいいお店だと思いました。もちろん、すぐに譲ってくれという話ではありません。この三百万も、手付金のようなものです」

溢れる想いが、正太郎の口を衝いて出てくる。

それを、草平は真っすぐに受け止めていた。

「今日お伺いしたのは、店を他に売ると言わないで欲しい、という勝手なお願いのためです。これは、このお店を引き継ぐなら、是非僕が、という決意の、三百万です」

一つ一つの言葉に、力が籠もっている。

目に宿る光は、本物だ。

草平は、腕を組んだまま、重々しく頷いた。

「……分かった。この店は、将来的に榊原正太郎君へ売る。そういうことにしよう」

代金の三百万はこのまま受け取ると正太郎の生活が破綻しそうだという気もしたので、一旦、返還することにした。

若いということは、時に向こう見ずだ。

場に、ほっとした空気が流れる。

店を買いたい。

店を売ってもいい。

両者の間にはなんの異存もなく、金額や時期については、後で話し合えばいい。

それで話は終わるはずだった。

「で、奈々海」

「……は、はい」

蛇に睨まれた蛙のように、奈々海が硬直する。

凍てつく美貌で月子に見つめられると、草平でも塑像か彫像のようになるのだから仕方ない。

「聞いていた話と、ちょっと内容が違うみたいなんだけど」

あちゃあ、と草平は掌を額にピシャリと当てた。

パリから東京北部まで、一晩で移動する。それも、商談を不意にして。

いったい、いくらくらいの金額が動いたのだろう。

「ねぇねぇ、何の話？」

事情を全く呑み込めていないひなたが、月子と奈々海に割って入る。

「姉ちゃん。アンタの話よ」

え、私？と前屈みのひなたが自分を指さす。

「そうよ。お母さんはね、榊原さんがお姉ちゃんを貰いに来ると思ったからこそ、わざわざ、フランスくんだりから飛行機飛ばして帰って来たのよ」

わざわざ、に怒りの念が籠っているのは、奈々海が月子の会社でアルバイトをしているからだろう。

経済的補填までは求められないにせよ、小言は避けられないはずだ。

一瞬、何を言われたのか、ひなたと正太郎は理解できていなかったらしい。

ぼっ。

瞬間湯沸かし器、という喩(たと)えはもう古いか、と草平はどうでもいいことを考えた。

若い二人は、顔を真っ赤にして俯いてしまっている。

「え、あ、と。ひなたさんと、私は、その……」

「私は、正太郎さんと……え？　なに？　ここってこういうことを言う場なの？」

尋ねるひなたに、月子がにこりと微笑み、頷いた。

「……葦村ひなたさんとは、結婚を前提に、前向きにお付き合いをさせて頂いております」

「……おります」

あららと奈々海がちょっと驚く。

「二人はもうとっくに結婚秒読み同棲真っ最中くらいだと思ってたわ。ね、お父さん」

「……俺ぁ、最初にひなたが正太郎君連れてきた日には……もうとっくに、なぁ？」

「草兄(そうにい)ちゃん、困った時にだけ私に話題振るのは止めてもらえる？」

二人きりの時だけ出る草兄ちゃんという呼び名が出るところをみると、月子もちょっと混乱しているのだろう。

最近の若い者の異性交遊は複雑怪奇だ。

あ、すまん、と頭を下げたものの、さてこれからどうしたもんだろうか。

店の売買の話から、なんだか妙な具合になってしまったが。

「……寿司でも取るか」と草平が提案する。

元から、そういうつもりにはしていたので、現金の用意もあった。

「……仮にも、食べ物屋が？」と奈々海。

経済観念の発展した下の娘には、出前で寿司を取るというのは、とんでもない贅沢に映るらしい。

「決めた」と、月子が掌をぱちんと打ち鳴らす。

「葦村家の伝統として、娘を貰いに来た男は、料理を振舞わないといけないの」

「……いつの間に、そんな伝統が」とジト目でひなたが訴える。

今よ、今と月子が笑う。

この笑顔だ。この笑顔が守りたくて、草平は。

「さ、榊原君。よろしくお願いできる？」

「はい！」

気迫十分、正太郎が答える。

「あ、ひなたさんに手伝ってもらっていいですか」

もちろん、と月子が頷き、草平も追随した。

結婚式よりずいぶん早い、二人の共同作業は、買い物からはじまる。

待っている間は、三人で他愛のない会話だ。

「フランスから日本って、一晩で帰ってこられるもんだなぁ」

「そう、それよ。タクシー飛ばして、空港に向かいながら商談のキャンセルと飛行機の席確保をしようとしたんだけどどうしても空きがないっていうから、泊ってたホテルのコンシェルジュに五倍までなら出すって」

「いやすまん月ちゃん、俺が聞いておいてなんだけど、怖くてそれ以上聞けない」

あら、ここからが面白いところなのに、と少し月子は不満げだ。

空き時間を逃さない奈々海はタブレットで洋書を読みながら、モレスキンの手帳に何かメモしている。そう言えば、草平が月子にはじめてプレゼントしたのもモレスキンだ。

そうこうしている内に、台所からいい香りが漂ってきた。

すん、と鼻を動かすと、様々な香りが交じり合って鼻腔をくすぐる。

空腹を思い出す香り、とでもいうのだろうか。

「お待たせしました」

正太郎が用意したのは、お吸い物と寿司。

「寿司は素人(しろうと)で申し訳ないんですけど」と詫びる正太郎に、

「娘の婿になろうっていう人間の握る寿司はね、銀座にも六本木にもないの」と月子が笑顔で答える。

「さ、お願い」

「はい！」

素人だと言いながら、正太郎の包丁捌きも握り方もなかなか大したものだ。

まぐろ、サーモン、ハマチに、ネギトロ。

「うん、美味しい」と奈々海も太鼓判を押した。

「正太郎さん、一時期お寿司屋さんでも働いてたじゃない」とひなたに指摘されると、

「あれはただのアルバイトだからね。ちゃんと修業させてもらってたわけじゃないし」と、正太郎が謙遜する。

「何、これだけ握れれば大したものよ。ねぇ、草平さん」

月子に水を向けられ、草平は、しみじみと、

「うん、ああ、美味い」と答えた。

「……！　ありがとうございます！」

褒められたのが嬉しかったのか、正太郎は喜色満面だ。

それを見て、草平は窓の外へ目をやった。

嬉しいのはこちらの方だ、なんて無粋なことは言わない。

ただただ、自分のやってきたことが間違っていなかったんだな、という感慨だけがある。

「月子さん、月が綺麗だよ」

口から出た言葉は、思っていたものとはまるで違うものだった。

「でしょうね」

窓の外を一瞥（いちべつ）することなく、月子が応じる。

その声音を聞いて、草平は安心した。

素っ気ない風に見えて、全て伝わっている。

月子も、同じように感じているのだろう。

いい夜だ。

本当に、いい夜だと、しみじみ思った。

【閑話】或いは一つの一目惚れ

異世界居酒屋「げん」

それはまだ、ひなたと正太郎が付き合いはじめる前のおはなし。

秋の天気は変わりやすい。
糸のように細い雨はいつの間にか本降りになり、夜の町を濡らしている。
逃げ込むように駆け込んだのは、飲食店ばかりが入ったビルの四階にあるバーだ。
小洒落ているかどうかは判断に迷うが、酒も肴も結構なものを出す。
最近の正太郎のお気に入りの一軒だった。
「急に降ってきましたね」
「ののりんたち、大丈夫かなぁ」
髪を拭いながらサークルの友人を心配するのは、葦村ひなた。
正太郎の卒業した大学の、後輩に当たる。
今日は城南大学放課後料理クラブの飲み会だった。
建前は、調理や食材の情報交換ということになっているが、ごく普通の飲み会だ。

それなりの料理をそれなりの値段で出す店でそれなりに飲み食いし、楽しく酔う。日頃は仕事に追われるOBやOGも参加する飲み会は、だいたい月に一度のペースで開かれていた。

いつもであればそのまま二次会へ雪崩れ込む。

ところが今夜は、急な雨に降られてバラバラになってしまったのだった。

「それにしても先輩、さっきのアレ、酷くないですか！」

白ビールを注文しながら葦村が憤慨しているのは、焼き鳥事件だ。

アレはなぁ、と正太郎も、人差し指で頬を掻く。

発端は、就職したばかりのOGだ。

気を利かせたつもりなのだろう。店員の運んできた焼き鳥の盛り合わせ十五人前を、一心不乱に分解しはじめたのだ。

正太郎は、女性の手でねぎまが〝ねぎ〟と〝ま〟にバラされるのを見守ることしかできなかった。

「先輩は、串のまま派ですよね！」と憤慨する葦村。

できれば串のまま食べたいかな、と答えながら、正太郎はミックスナッツに手を伸ばす。

実を言えば、正太郎は焼き鳥屋で働いた経験があった。

串打ち三年、焼き一生。

さすがに今ではそんなことを言う店も少なくなったが、串打ちは立派な技術だ。

「私はね、一本の串として提供する以上、それが一つの料理だと思うんですよ」

少し目の据わっている葦村の意見に、正太郎は全面的に賛成した。

もちろん、串をバラしたOGの気持ちも分からなくはない。

しかし今夜の飲み会は放課後料理クラブのもの。

料理人の気持ちを汲み取ることができる人々の集まりではなかったのか。

「先輩、私はぁ悲しい！」

あ、酔ってるな、と、この時はじめて分かった。

無防備な葦村ひなたを見るのは、正太郎にとってこれがはじめてかもしれない。

マスターにそれとなくチェイサーとして水を頼みつつ、葦村の姿勢を楽にしてやる。

やましい気持ちはない。

このバーに連れてきたのも、単に隣を葦村が歩いていたからだ。

いや、正太郎が葦村の隣を歩いていたのだろうか。はっきりとは、憶えていない。

とにかく、榊原正太郎と葦村ひなたは、バーのカウンターに隣り合って座っていた。

少し前なら、考えられないことだ。

城南大学生活科学部は、極端に男女比の偏った学部である。

女子が圧倒的に多く、男子学生は珍獣のような扱いだ。そんな大学でちやほやされて日々を過ごした男たちは、卒業してから世間の厳しさを知る。

彼女が欲しい。

そういう思いを抱いたOBたちが、この飲み会の基礎を作ったのだと聞いている。

OBたちの甘い考えを打ち砕いたのが、葦村ひなただった。

元々ソフトボールで鍛えたという彼女の膂力は伊達や酔狂ではない。

健全に。ただ健全に。健全に。

女子大生狙いのOBは葦村に徹底的にマークされることになる。それ故に、葦村ひなたはサークルOBたちにとって天敵として認知されていた。

逆に言えば、現役生たちにとっては守りの女神のような存在だ。

かくいう正太郎も、はじめは後輩狙いのOBと勘違いされ、随分と葦村に睨まれたものだった。

だが、正太郎には疚しいところは何もない。ただ、生活科学部や放課後料理クラブで研究されている料理のアイデアにこそ、関心がある。本当にそれだけなのだ。

今日の飲み会でも、新しいメニューを二つ考案することができた。

自分だけで考えていても解決できない問題は、人に相談するに限る。

葦村ひなたも最近はそのことを理解してか、あまり正太郎を敵視しないでくれているようだ。

「先輩……ビールお代わり」

はいはい、と答えながら、渡すのは水だった。

それでも葦村は気にせずに水に口を付ける。

自分が酔っている、という認識はさすがにあるのだろう。

そういえば一次会で、先輩から無理矢理飲まされそうになっている後輩の女の子の酒を引ったくって飲んでいた。

面白い女の子だ。

猪突猛進で、計画よりも実行。

パン焼きの腕はプロ顔負けだが、その他の料理は十人並み。

それでいて人一倍勉強熱心なのは、何故だろうか。

サークルで料理を作る時にもしっかりと予習してくるのは彼女だけだ。

一度何かの時に授業のノートを見せてもらったことがあるが、彼女らしい大きな字でびっしりと書き込みがしてあったのを正太郎は憶えている。

「私（わらし）はねぇ、先輩（しぇんぱい）。料理をして、それを食べて喜ぶ人の顔が、見らいんれすよ」

呂律（ろれつ）の回らぬ舌先で水のグラス片手に熱弁を振るう、葦村。

なるほど、それが彼女の熱心さの理由か。

正太郎の場合は、将来、店を持ちたいからだ。

子供の頃からの夢だった。

幾つもの仕事を掛け持ちしているのも、料理の修業に明け暮れているのも、生活費を切り詰めて貯金しているのも、いつか自分の店を持つためだ。

その正太郎が驚かされるほどに熱心な、葦村ひなた。

いつの間にか轟沈してカウンターですやすやと寝息をたてている彼女に、正太郎は自分が興味を持ちはじめていることに気が付いた。

いや、もう持っていたのかもしれない。

ごく稀に触れ合うだけの他の後輩については、正太郎はこれほど詳しく知らなかった。


平日の深夜。

それも雨とあってか、バーには他に客の姿はない。

マスターが静かにグラスを拭き、気にならない程度の音量でクラシックが流れる。

とても、穏やかな時間だ。

目の前に置かれたウイスキーグラスの氷を指先で触ってみる。

それまで安定していた琥珀色の液体に、ちょっとした揺らぎが生まれた。

揺らぎ。

陽炎のように立ち上る揺らぎに、正太郎は心を奪われる。

今の生活に満足していないわけではない。

貯金も進んでいるし、バイト先で学べることは多かった。

生憎と気に入った物件は見つからないが、それについて焦る心配はないだろう。

こういうことは、よいタイミングになれば自然とあちらからやって来るものなのだ。

しかし。

正太郎はもう一度グラスの氷を動かし、それから隣で眠る葦村ひなたの顔を見た。

揺らぎ。

決して単調ではないはずの生活に、飽きはじめている自分がいる。

正太郎はそのことから目を逸らそうとしていたが、もはや無視できなくなりつつあった。

叶えたい夢があり、そのための過程を着実に進んでいる。

だが、その既定路線には揺らぎが存在しない。

毎日違う道を通っているはずなのに、見える風景は、全て同じ。

そんな錯覚に襲われる日々に、正太郎は悩まされている。

誰かが隣にいれば。

一瞬だけそんな考えに襲われるが、慌てて振り払った。

先の見えない自営業。

それも、まだ店もないフリーター生活だ。

料理の見聞(けんぶん)を広げるために海外へ出掛けることもある。

そんな正太郎の横にいてくれる人などいるはずはないし、巻き込むことはできない。

「むにゃ」

突然、隣で眠る葦村ひなたが正太郎の腕を掴んだ。

心の中を読まれたわけでもないのに、正太郎の心拍数が跳ね上がる。

マスターはこちらのことを見ているのか見ていないのか、グラスを静かに磨き続けていた。

からり、とグラスの氷が音を立てる。

正太郎は、ウイスキーを揺らぎごと、一気に飲み干した。

喉の奥を灼(や)ける液体が滑り落ち、胃の腑と頭とが、燃え上がる。

隣に誰かいて欲しいという願いは、自分には分不相応なものだ。

それでも。

それでも、もし誰が隣にいて欲しいかと問われれば。

盗み見るようにして、正太郎は葦村ひなたの寝顔をちらりと見る。

警戒心のない、安心しきった顔。きっと、正太郎のことをオスと認知していないのだろう。

喜ぶべきか、悲しむべきか、大いに悩むところだ。

だが、今日のところは、大きな収穫があったと言える。

自分の気持ちに気が付くことができたということは、大きな前進に他ならないのだから。

◇

「そういえば、お姉ちゃんと榊原さんってどういう切っ掛けで付き合いはじめたの？」

奈々海に尋ねられ、ひなたは首を捻った。

「それがイマイチよく分からないのよね。私は憎からず思ってたんだけど。正太郎さんは？」

ビールケースを運んでいた正太郎が、思わず咳き込んだ。

「いや、何だろう、自然の成り行き、じゃないかなぁ」

へぇ、そういうもんなのかぁと奈々海が呟く。

視線からも口調からも、少しも信じていないことは明らかだ。

とはいえ、まさか寝顔に惚れたとは言い出せない正太郎なのであった。

少年の就職活動

異世界居酒屋「げん」

「僕を、雇っていただけませんか」

扉を開けるなり、銀髪の少年はそう言った。

柔らかな物腰。

見目麗しい、というのだろうか。通った鼻梁にくっきりとした顔立ち。少し三白眼気味の目には凜とした光が宿っている。

歳は幾つくらいだろうか。

立ち居振る舞いは大人びているが、十二、三くらいに見える。

きっとあと五年もすれば、人通りの女も男も振り返る美男子になるに違いない。

しかし、身なりはみすぼらしい。

精一杯身なりを整えようとしている努力は草平にも伝わったが、綺麗とは言い難い。

昼下がりの居酒屋げん。

先ほどまでは満席に近い客の入りだったが、潮でも退くかのように勘定が終わり、今の店内にはカミーユが一人美味そうにチキンカツを頬張っているだけだ。

少年の顔には疲労の色が濃い。

家出かな、と草平は顎を撫でながら考える。

推測に、然(さ)したる理由はない。勘のようなものだ。

それでも確信めいたものがあったのは、自分も昔同じような目をしていたからだろうか。

「掃除でも皿洗いでも、なんでもします」

口調にちょっとした慣れを感じる。

既に何軒も断られているからに違いない。

それはそうだ。

この王都(バリシィア)という街のことはよく分からないが、真っ当な店なら見も知らぬ少年を雇うことには抵抗がある。

素性の定かでない人間を雇っても最悪の場合は売上を持ち逃げされるのが、オチだ。

だが、と草平は考える。

猟師でさえ、懐に飛び込んできた鳥は撃たないという。

どう扱ったものだろうか。

ここに榊原正太郎か娘のひなたがいれば、裁量を任せるところだ。

けれども、生憎(あいにく)と今は草平一人。

首の後ろをバリバリと掻きながら、草平は少年を見る。

きつく結ばれた口元に、意志の強そうな蒼い瞳。

両の拳は強く握りしめられている。

くぅ。

その時、少年の腹の鳴る音が、店内に響いた。

「……何か食っていくか」

「あ、いや、その」

口ごもる少年のポケットには、一枚の銀貨も入っていないに違いない。

「……金ならいい」

ぶっきらぼうにそう話しかけると、少年の頬がサッと朱に染まった。

「ほ、施しは受けません」

予想外の反応に、草平は頷いた。

ただ飯を食わされるのは侮辱だ、と少年は感じたらしい。

誇り。

草平は心の中で少年に小さく詫びた。

誇りのある少年の方が、誇りのない大人よりも、尊重されるべきだ。

カミーユはもむもむと口を動かしながら興味深そうに事態の成り行きを見守っているだけで、口は挟まない。

「施しじゃないな。作り過ぎた分だ。食べるのを手伝ってくれ」

草平の言葉に、少年の顔がパッと輝く。

「そ、そういうことなら、喜んで」

丁寧に会釈して、少年はカミーユの隣に腰を下ろした。

所作が美しい。

そこら辺の悪ガキを連れてきたのとは、違った雰囲気があった。

今日の晩に出すはずだったハヤシライスに火を入れる。

玉ねぎが飴色になるまで炒めた物を溶けるまで煮込んで、改めて別に玉ねぎを入れるのが、居酒屋げんの流儀だ。

肉はそれほど高いものではないが、たっぷりと。

赤ワインとローリエで臭みを取ってやれば、存外に良い味が出るものだ。

ほかほかのごはんをよそって、大盛りで出す。

ハヤシライスを前にした少年の目の輝きに、草平は口元だけで小さく笑った。

こういう笑顔が見たいから、店を続けているのだ。

どういう食べっぷりを見せてくれるかと思えば、少年は律儀にも軽くお祈りをしてから匙に手を伸ばす。

面白い少年だ。

貴族のご子息を雇うともなれば後々面倒かもしれないが、まぁその時はその時だ。

ふと草平は、自分がもうこの少年を雇うつもりになっていることに気が付いた。

まぁ、我が儘の一つや二つ、構わないだろう。

ちょうど店も忙しくなりつつある。

皿洗いが一人欲しいということは、正太郎もぼやいていたことだ。

匙を手に取り、少年が一口目を口に運ぶ。

ぱくり。

確かめるように、しっかりと味わって咀嚼（そしゃく）する。

腹が減っているはずなのに、がっつかない。

そういうところも、なんとなく草平は気に入った。

もぐもぐ。

もぐもぐ。

もぐもぐ。

誰に教えられたわけでもないはずだ。

それなのに、ごはんとルーの配分を考えながら、少しずつ混ぜて食べる少年のやり方は、堂に入っている。

綺麗に食べるということが、骨身に沁みているという印象だ。

「これは、思わぬ拾いものかもな」

そんなふうに呟く草平に、カミーユもにやりと頷く。

きっと、なんの話かよく分かっていないのだろう。

「……ところで、ソーヘイ」

手を顔の前に組み、カミーユが意味深げな笑みを浮かべる。

「なんだい、カミーユさん」

この少年の素性でも教えてくれるのだろうか。

草平の淡い期待を、カミーユは簡単に打ち崩した。

「私にも、このハヤシライス、というのを少し」

「……お前さん、今チキンカツ食べたばっかりじゃないのか？」

「〈国王の楯〉は、腹が減っては勤まらない重要な仕事だからね」

〈国王の楯〉という言葉が出た瞬間、少年の匙を持つ手が一瞬止まった。

草平は見逃さなかったが、敢えて追及はしない。

人間、聞かれたくないことの一つや二つはあるものだ。

それにしても、やはりいい家柄の出なのだろう。

綺麗に食べる、ということを躾けられた人間だということはよく分かるが、この少年は、それだけでなく、ちゃんと美味そうに食事をする。

さっきまでの疲弊しきった顔は何処へやら。

目を輝かせ、歳相応の笑みを浮かべながら、目を輝かせてハヤシライスを食べる。

肉を多めにしたのは、幸いだった。

食べ盛りの子供が、肉を頬張る姿は見ていて気持ちがいい。

付け合わせにと出してやったサラダもぺろりと平らげる。

もう少し盛ってやろうかな、と思ったところで、少年は匙を置いた。

「ご馳走様でした。本当に美味しい料理です。ありがとうございます」

「いやなに、こっちも助かったよ」

少年が、くすりと笑み崩れる。

その顔には、嘘がへたですね、と描いてあるようだ。

「それで実は、もう一つお願いがあるんですが」

皿の上には、まだルーもライスも残っている。

「これを持って帰ってもいいでしょうか」

「そいつはまた、どうして？」

理由を聞き返されると思わなかったのか、少年の一瞬目が泳ぐ。

「……とても美味しいので、明日の朝も食べたいのです」

草平は、小さく肩を竦めた。

今鏡を見たらきっと「嘘がへただな」と描いてあるはずだ。

少年にも、家族がいるのだろう。

聞けば王都の貴族といっても、ピンからキリまで様々だ。

豪奢な貴族がいる一方で、食うに困る貴族もいる。

いや、詮索は止めようと草平は人差し指で小鼻を掻く。

言いたい時期が来れば、自然に言う。秘密なんて、そういうものだ。

「……構わねぇよ。もう二人分くらい余ってる。今、何か容器に詰めてやるから、その分は食べてしまいな」

そう言うと、少年の目が輝いた。

「あ、いや、すみません……ありがとうございます」

もう一度匙を取り、ハヤシライスを食べる。

心なしか遠慮気味に食べていた先ほどと違い、今度は一口の量が多い。

誰にも気兼ねせずに食べる食事を、心の底から楽しんでいるようだ。

使い捨ての弁当容器に米を盛ってやりながら、草平はもう、少年を雇うことを決めていた。

「ごめん、遅くなっちゃった！」

夕方の営業時間になってから帰ってきたひなたは、手を合わせて皆に詫びた。

スマホのＳｕｉｃａの残高が足りなくなっていることをうっかり忘れたままに電車に乗り、しかもスマホの充電が切れてしまったのだ。

おまけに今日に限って財布の中にはお金がない。

あるのは近くのコンビニのレシートと近くのパン屋の会員カードだけだ。

きっと洗い終えていない皿がシンクに山盛りになっているに違いない。

慌てて厨房へ入ろうとすると、そこで銀髪の少年が皿を洗っていた。

見目麗しい、というのだろうか。

通った鼻梁に、くっきりとした顔立ち。

三白眼気味の目には凜とした光が宿っている。

歳は幾つくらいだろうか。

立ち居振る舞いは大人びているが、十二、三くらいに見える。

きっとあと五年もすれば、人通りの女も男も振り返る美男子になるに違いない。

「えっ、あっ、どうも、はじめまして」

「こんにちは、ヒナタさん」

皿洗いの手を一旦止め、礼儀正しく挨拶をする少年。

理解の及ばないひなたは、草平と正太郎に助けを求める。

「ね、ねぇ、この子って」

「おいおい、ひなた。この子はリュカ君だろ。皿洗いの」

「そうだよひなたちゃん、皿洗いのリュカ君だよ」

皿洗いのリュカ君。

果たしてそんな子がうちにいただろうか。

いや、そもそも皿洗いの担当は、自分ではなかったか。

「……くく」

「……ぷぷぷ」

笑いを堪えきれなかった草平と正太郎が、小さく笑い声を漏らす。

「あ、私をからかってたでしょ！」

「いや、そんなことは……」

「だって、遅れてきたのはひなたちゃんだし」

そう言われてしまうとぐうの音も出ない。

ぐぬぬと拳を握っていると、リュカ少年が近付いてきて深々と頭を下げる。

「改めまして、よろしくお願い致します。リュカです」

「よ、葦村ひなたです。どうぞ、よろしく」

こうして、居酒屋げんに新しい仲間が増えたのであった。

草平は神棚を見上げ、軽く会釈をする。

居酒屋げんの、新しい日々が、はじまるのだ。

小間物商の二人

今日は、とことん飲む。

ミリアムとスージーはそう固く心に決めていた。

いわゆる自棄酒だ。

人生にはいいこともあれば悪いこともある。それは、ミリアムも知っている。

とはいえ、これまでがさんざんな人生だったんだから、神様だってもう少し手心を加えてくれてもいいはずだ。

「で、スージー。今日はどこで飲む？」

「どこと言ってもねぇ。いつも顔出してるような店は、ちょっとね」

ツケが払えないから、飲めないだろうとスージーは肩を竦めた。

背が高く美人のミリアムと、小柄で少しがっしりとしたスージーは昔からの相棒だ。

今は王都（バリシィア）で小間物商をやっている。

小間物商と言えば聞こえはいいが、実際には何でも屋だ。

安く買って、高く売る。

あっちで余っている物を、こっちの足りないところへ。

病気と喧嘩、それに盗品以外ならなんでも扱う仕事は、意外に受けがいい。

きっとミリアムとスージーの人柄もあるのだろう。

辛酸（しんさん）を舐めてきた二人にしてみれば、少々小ばかにされるのにも慣れている。

女二人の小間物商という物珍しさも相俟って、二人の王都での綱渡りのような商売はそこそこ上手くいっていた。

その矢先の、あれだ。

ミリアムは照燈（ランタン）持ちの持つ灯りを、憎々しげに見つめた。

蝋燭。

夜の闇を照らす、都市での暮らしには欠くべからざる必需品。

古都で流通している蝋燭は、大きく分けて三種類ある。

まずは草蝋（ラッシュライト）。

長い草の茎から皮を剥いで、獣脂（じゅうし）に付け込んだ庶民用の蝋燭だ。

大して明るくなるわけではないが、職人の奥さんはこの灯火の下で繕（つくろ）い物をする。

次に、獣脂蝋燭。

獣の脂をそのまま固めた蝋燭で、草蝋よりはよほど明るい。

ケチな商人やそれほどでもない身分の貴族はこれを使う。職人でも、小金が入れば獣脂蝋燭を買うだろう。一般的に蝋燭と言えば、獣脂製のことを指す。

唯一にして最大の欠点は、臭いということ。この臭いは慣れないと厳しい。

そして三つ目にして最後の一つが、蜜蝋。

蜜蜂の巣を使って作られる蝋で、大変に質が高い。

獣脂蝋燭よりも遙かに高級品だが、香りがよいので高位の貴族や大商人はこれを使うのが当たり前だ。

ミリアムとスージーは、よりにもよって、その蜜蝋を仕入れてしまった。

しかも、大量に、だ。

今考えても、縁起が悪かったのかもしれない。

そもそもの発端は、結構な身分の貴族が結婚式を挙げるという話だった。

貴族も貴族、大貴族だ。

諸侯と呼ばれるほどの身分の式には、当然、多くの客がやって来る。

身分卑しい街の人間にも、ご馳走が振る舞われることになるのが普通だ。

振る舞い用の皿が足りないので安く調達してくれと頼まれた二人は、式の当日にとんでもない事態を目撃してしまった。

花婿の、逃亡である。

家の決めた結婚になんて従わないとばかりに、まだ年若い花婿は年上の未亡人を連れてどこかへ逃げてしまったのだ。残された花嫁が静かに微笑みながら、元新郎の残した置き手紙を丹念に千切っていたのを、ミリアムは一生忘れないだろう。

いずれにしても、式はなくなった。

後に残ったのは美しい花嫁と、呆然とする招待客、冷めていく料理と、様々な備品だけ。

元新郎の父親は自分の息子の不甲斐なさを謝罪しながら、式に用意したありとあらゆる物の叩き売りをはじめた。

新婦の持ってくる婚資と周りの友人たちからのお祝いで式の費用を賄うはずだった計画は完全に崩壊し、今や彼は息子のことよりも帳簿と資金繰りのことを気にせねばならない事態に追い込まれていた。

結果、ミリアムとスージーは大量の蜜蝋を破格で手に入れたのだ。他の商品の買い付けのことも考えずに全財産に等しい金額を出して。

品質に優れた蜜蝋だから安値で売れば飛ぶように売れるだろうが、それではせっかくの商機をふいにすることになる。

しかし、ここでなるべくいい買い手を見つけて高値で売り抜けたい。

更に、蜜蝋のようにいい商品なら、金持ちと縁を結ぶ機会になる。

小間物商なんて、人と人の縁で食べていく商売だ。

金持ちの知り合いは一人でも多い方がいい。今回の式の話だって、新婦の家の料理人見習いとスージーが知り合いでなかったら、受けられなかったのだ。

だから、誰に売るかは重要である。

だが、高値で売れる取引相手がなかなか見つからなかった。

日も暮れた王都を、二人はぶらぶら歩く。

あまり華やかな通りは、歩きたくない。

昔のことを思い出させるからだ。

気が付けば、いつも間にか〈仕立屋〉通りにまで来てしまった。

王立大学に近く、仕立屋や織物や染物のギルドの立ち並ぶこの辺りには飲み食いさせてくれる店はあまりないだろう。

引き返そうかとスージーに声を掛けようとしたミリアムの視線の先に、古びた居酒屋が飛び込んできた。

「ああ、これが狐の」とスージーが指を鳴らす。

噂には聞いたことがあった。

この辺りには妙な店があって、狐につれられてほいほいと客が入ってしまうということがあるらしい。肝心の味の方は聞きそびれたが、話の種にはなるだろう。

「スージー、ここでいいかな？」

ツケが効くならどこでもいいさ、と相棒は肩を竦めた。

「いらっしゃいませ！」

「……らっしゃい」

店の外見も一風変わっていたが、中はそれ以上だな、とミリアムは舌を巻く。

こんな立地だというのに、客はそこそこ入っていた。

異国風の店構えはミリアムのような人間にとって、居心地の悪いものではない。

男二人の厨房からは美味そうな香りが漂っていた。

「二人だけど」とスージーが言うと、カウンター席に案内してくれたのは銀髪の少年だ。

珍しい店もあるもんだ、とミリアムとスージーは顔を見合わせる。

二人とも、元は酌婦（しゃくふ）だ。

売られてそういう身分になったが、色々あって逃げ出すことができた。

王都へ流れ着いたのはその後のこと。

小間物商のような仕事を始められたのは、僥倖（ぎょうこう）だったと言っていい。

そういう境遇にいたミリアムだからこそ、店が女を使わずに少年を使っているということに、ちょっと驚いたのだ。

「今日はたっぷり飲まなきゃ」

誰に言うでもなく、ミリアムは独り言つ。

それを聞いていたのか、若い方の料理人がにっこりと微笑んだ。

酒はエール。

本当はもう少し強いものをと思ったのだが、酌婦時代に客に時々奢られていたようなものはきっと値段が張るだろう。

天国と地獄の間にあるものの値段が分からないというのは、不便きわまりない。

今日はどちらが天国でどちらが地獄かについては、考えないようにした。

「ミリアム、こいつはなかなか美味いよ」

コーンバターという肴を匙で食べながら、スージーはもうご満悦だ。

酒は店員に勧められるままに、ホッピーというのを頼んだらしい。

さっそくグビグビと飲んでいて、既にいい気分になっている。

ミリアムもコーンバターというのを分けてもらうが、これがなかなかに美味い。

プチプチとした食感に、バターのコク。

ちょろっと入っているベーコンが、また良い味をしている。

この店は、意外にみっけものかもしれない。

「ねぇ、ちょっとがっつりした肴をお願いしてもいい?」

今日はとことん飲む。

そう決めたのだから、肴もがっつりといこう。

腹が減っては戦はできぬ。

沈んだ気分を上向かせるには、まず腹にどっしりと物を詰め込んでからだ。

美味いものを食べ、美味いものを飲む。そうすれば不運の虫を追い払う力も湧こうというものだ。

払いのことはまあ、後でどうにか考えよう。

取引に失敗して商売用の財布は素寒貧だが、虎の子の金もないわけではない。

「はい、畏まりました」

ショータローという名前の若い方の料理人が注文を聞いてすぐに動きはじめる。

手早くハムを切り、卵を割って……

「あっ」

そこでショータローが声を上げた。

「お客さん、ひょっとしたら明日はいいことがあるかもしれませんよ」

そう言って見せてくれたボウルの中には、卵の黄身が二つ。

時々見かける、双子の卵だ。

「へぇ、これは幸先がいいねぇ」

スージーは背が低いので、カウンターに手を突いてまで覗き込む。

幸先か。

さりとて、蜜蝋を箱一杯に買ってくれる相手がすぐに見つかるはずもなし。

「蜜蝋なんてそんなにすぐに見つかるはずありませんよ！」

突然、そんな声が聞こえたのは、ちょうどその時だった。

見れば年若い僧服の男が、情けない顔をしながら酒を飲んでいる。

「そもそも司教様も無茶苦茶なんですよ。急に入り用になったから、明日の昼までに
蜜蝋を一箱買ってこいだなんて」

その言葉に、ミリアムとスージーは思わず顔を見合わせた。

双子の卵は幸先がいい、というのは、どうも本当のことらしい。

「お待たせしました」

ショータローの持ってきたのは、キツネ色に揚がった一皿だ。

「ハムカツです。熱いので、気をつけて下さいね」

昔食べたカトレットのようなものだろう。

行儀悪くミリアムは一気にかぶりつく。

ざくり。

あ、と思わず声が出た。

すかさずそこへエールを一口。

薄いハムを何枚か重ねたのに衣を付けて油で揚げた料理なのだろう。

だが、それだけではない。

「たまごサラダを挟んで揚げたんです」

なるほど、それでこの味わいか。

ついついエールに手が伸び、一杯目を空にしてしまう。

スージーにも勧めようかと思えば、もう侍祭服の男の方へ商談に出掛けていた。

なんだか愉快な気分になって、ミリアムは両手を上げて椅子の背もたれにもたれ掛かる。

人生、良いこともあれば悪いこともあるというけれど、たまにはこういう良いことが転がり込む夜があっても罰は当たらないだろう。

冷めないうちにもう一口と、ハムカツをざくりと囓る。

二杯目のエールを注文しながら、ミリアムは幸せな気分に浸っていた。

包丁を動かす手はそのままに、草平は少し目を細めた。

視線の先では、先日雇ったばかりの少年が給仕見習いとして注文を取っている。

はじめこそ皿洗いだけという話で雇ったのだが、本人の強い希望で、細かな仕事を任せることが多くなった。

リュカはよく働く。

とにかく、仕事の飲み込みが早い。

草平や正太郎が何かを頼むと、手順を見て誤りがないか復唱してから、さっと動く。

上手く出来たときに草平が褒めると、頬をさっと赤らめて俯いた。

あまり、褒められ慣れていないのかもしれない。

無論のこと、失敗することもあった。しかし、すぐに報告する。

そして、同じ失敗は二度と繰り返さない。

忙しい書き入れ時に客席の間をくるくると走り回りながら、空いた皿を客の気に障らないように下げてくる姿は、すぐに店に馴染んだ。

しかも、客が歩くのも、店の者が歩くのも、絶対に妨げずにそれをやる。

ほんの些細なことのように思えるが、こういうちょっとしたことが、客の心証になんとなく作用するものだ。

気遣いというものは、一朝一夕で身に付けることがなかなかできない。

才能だな、と草平は思っている。

今でこそ居酒屋しかやっていないが、昔はこの店で仕出し弁当やら何やらも商(あきな)っていた。

その頃には人を使うことも少なくなかったけれども、リュカという少年ほど仕事に熱心な若者というのは、ほとんどいなかったように思う。

常に、次に何をするかを探しているリュカ。

仕事の優先順位を速やかに決めて動くリュカ。

草平はひなたにもこういう動きが出来ればなぁと思いながら、それは高望みだと思い直す。

リュカという少年が、特別なのだ。

今も、三人の若い衛兵たちが唐揚げを食べているところへ、それとなく、キャベツのお代わりが要るかどうかを尋ねている。

衛兵たちは、はじめて見る顔だ。

のっぽと、ふっくらしたのと、がっしりしたヒゲ面の。

革鎧を着込んでいるので、勤務中なのだろう。

このところ、評判を聞きつけてか、新しい客も増えてきた。ありがたいことだ。

ごろりとした大きめの唐揚げは、王都（バリシィア）でも衛兵や職人といった、身体を動かす仕事のお客に大層人気がある。それと、学生。

草平も最近になって気が付いたのだが、居酒屋げんのある通りから少し行くと、大学へ通う学生の住まう下宿街になっているらしい。

にんにくをしっかり利かせた居酒屋げんの唐揚げは、衣がサクリとしていて、中はジューシー。

一口齧り付くと、サクサクガッツリと美味しい逸品だ。

王都の客の味覚に合わせて、つけだれも少し変えた。

仕出し弁当を出している頃から、豆板醤（トウバンジャン）を使うなど工夫はしてきた草平だが、最近のスパイスとなると正太郎の知識には、一歩劣る。

見まね見ようでスパイスの使い方を勉強しはじめたら、いつの間にか二人の共同研究のようになってしまった。

草平と正太郎が肩付き合わせてああでもないこうでもないと相談するのに嫉妬でもしているのか、ひなたはむくれることもあった。だが、舅（しゅうと）候補と旦那候補の仲が良くて悪いはずはないと草平は気にもしていない。

それにしても、だ。

食に拘りのあるこの街の客は、新しい味に飢えている。

貪欲、というよりも、食べることに生き甲斐とささやかな喜びを見出しているのだ。

こういう街で店をやるのは、腕の振るい甲斐がある。

むっすりとしたヒゲ面の衛兵が唐揚げの衣のカスまで残さずに食べるのを見ると、草平は少し嬉しくなった。

今日の味付けには、自信がある。

凝り性の正太郎が東西南北ありとあらゆる国と地域の調味料を調達してくるから、創意工夫には限りというものがない。

その正太郎とひなたは、今日は夜からの勤務だ。

掛け持ちの仕事は厳しかろうと思うのだが、少しでも早くお金を貯めたいということらしい。

草平の方ではもう金のことはどうでもよいような気になっている。

ひなたの好いた相手なら、店を悪いようにはしないだろうという確信もあるし、元より仕舞おうと思っていた店なのだ。

どこの誰かも分からない不動産屋に売るくらいなら、熨斗を付けて正太郎にやった方がいい。

美味しかったよ、とありがたい言葉を残して若い衛兵の三人組が銀貨を置いて出て行くと、ちょうど昼の客は全員いなくなった。

いい頃合いだ。

ジャンに頼んで東王国の言葉で休憩中と書いてもらった札を出そうかと思っていると、ガラリと引き戸が開いた。

「……らっしゃい」

ふむ、と草平は気を引き締める。

長く店を続けていると、こういうことが時々あった。

直感とでもいうのだろうか。

何か、この客は普通ではない注文をするような気がする。

迷惑だとかそういうことではなく、そういう客だ、という長年の経験からの勘のようなものに過ぎない。

入ってきたのは、がっしりとした体躯の、壮年の男だ。

平服を着ているが、平民ではないだろう。

隆々とした筋肉を隠そうともしない肉体は、騎士か何かをしている人間のものだ。

カウンター席にするりとしなやかな動きで腰を下ろした男は、やや戸惑ったような、申し訳ないような様子で、店内を見回す。

それから、一度目を閉じ、意を決したように口を開いた。

「……豆のスープが飲みたいんだ」

「豆のスープですか」

拍子抜けしそうになった草平だったが、すぐに気を取り直す。

豆のスープは、王都の料理屋ではよく出ているメニューだ。

草平も正太郎も、余所へ食べに行って、味を調べてきた。

これが中々難しいのは、店によって味付けがかなり違うということだ。

考えてみれば当たり前のことで、日本でもチェーン店が幅を利かせる以前は店ごとに料理の味なんて違ったものだ。

お袋の味というのだろうか。店に固有の、長く親しんだ味がある。

草平はちらりと神棚の方へ視線を走らせた。

さて、このお客さんはどんな豆のスープが飲みたいのやら。

「どういった味付けがお好みですか」

言葉を選びながら草平が尋ねると、男は、苦笑のような、はにかみのような、或いは詫びているようにも取れる、曖昧な表情を浮かべ、右の人差し指で頬を掻いた。

「それが、私にも分からないのですよ」

ガスパール、と名乗った客は、ろくろでも回すような手つきで弁解する。

「方々の店に迷惑を承知で豆のスープを頼んでいるのですが、どうしても思っている味に辿り着かないのです」

「思っている味、というと、何か思い出が？」

尋ねる草平に、ビシリとガスパールは指を鳴らした。

「その通り！」

聞けば、まだ幼い頃に、父に連れられてどこかで食べた豆のスープが、とても美味しかったのだという。

「もう一度食べてみたいとは思いながら、それがどこで食べたのか全く思い出せませんでね」

憶えていることは、豆が入っていて、香辛料が入っていて、これまでに食べた経験のない味だったこと。無性に腹が減っていたのか、それを食べて満腹になったこと。

「後は……魚が入っていたような気がします」

魚。

ううむ、と草平は眉間に皺を寄せる。

それはとても大きな手がかりだが、同時に草平にとってはどうしようもないという残酷な宣告でもあった。

これまで王都で食べてみた豆のスープには、魚は入っていなかったからだ。

もちろん、魚を使った豆のスープが王都にある可能性はあるが、食べたことのないものをレシピもなしに再現してみせることはさしもの草平にも難しい。

正太郎がいれば分かるかもしれないが、客の前で電話するわけにもいかなかった。

「お父上は旅をすることの多い方でしたか？」

沈黙を破ったのは、リュカだ。

「あ、ああ。私も父に連れられて、随分と旅行したよ」

ふむ、とリュカが顎に左手を添えて考え込む。

「旅行は、船旅をすることも？」

「ああ、南船北馬の大旅行だったな」

聖王国(ルブシア)の南へも船で渡ったことがある、とガスパールは笑った。

あちらは随分と暑かったな、と遠い目をするガスパールに、リュカはさらに問いかけた。

「豆のスープに、玉子は入っていましたか？」

ラブラビという名前の料理かもしれないとリュカが言うので、草平は正太郎のレシピノートをひっくり返した。

ルーズリーフに絵付きでレシピと完成図を載せてあるレシピ集は、正太郎が長年かけて作り上げてきたものだ。旧いページはもう茶色くなってしまっている。

几帳面に書かれた頁を繰っていくと、確かに、ラブラビという料理が載っていた。

「ひよこ豆のパン粥か……」

ガルバンゾーという名前の時は仰々(ぎょうぎょう)しいような気がして手に取ることもなかった草平だが、正太郎の作ったフムスという料理で、ひよこ豆もストックに加えることにしていた。

「少しお時間をいただきますが、よろしいですか？」

草平が尋ねると、ガスパールは目を見開き、顔全体に喜色を浮かべる。

「作り方が分かったんですか？」

リユカのお陰ですよ、と草平は隣に立つ少年の頭をくしゃりと撫でた。

「多分これではないか、というものを試してみようかと」

いくらでも待つ、というガスパールの言葉に甘え、草平はレシピとにらめっこをしながら調理に取り掛かる。

パン粥として使うフランスパンは、ひなたの焼いたものだ。我ながら親ばかだと思うが、ひなたの焼くパンはちょっとしたもので、その辺のパン屋のものとは比べ物にならない。

丼に割り入れると、ふんわりと小麦の香りが辺りに漂った。

正太郎が冷蔵庫の中に品名と日付をしっかり書いて几帳面に小分けしてあるひよこ豆を取り出し、チキンコンソメで煮込む。

ひよこ豆には水煮の缶詰と乾物があり、乾物の方が味は良い。

そこで正太郎は、乾物を丁寧に戻したものを、小分けにして冷蔵庫に入れてくれているのだ。

ハリッサという香辛料は色々な種類のスパイスを混ぜて作るのだが、これも正太郎のストックが役に立った。

なんとかという外国食材専門店で調合済みのものを買ってきてくれていた。

草平がふとした拍子に使おうと思い立った時のことを考えてか、きちんとハリッサ（北アフリカの香辛料）とラベリングされている。

自分一人で店をやっているつもりが、いつの間にか、正太郎とひなたに助けられている。そんなことに気が付いて、草平は鼻でふんと小さく自嘲の笑いを漏らした。

こういう些細なことが、嬉しい歳になった自分がいることへの驚きもある。

豆が煮えたところに、ハリッサとツナを入れ、パンの上に掛けてやった。

手塩皿で味を見ると、なるほど、これはなかなかに美味い。

正太郎のレシピ通り、最後に半熟の玉子を落として完成だ。

そわそわしながら待っていたガスパールの前に丼を置く。

「ああ……」

言葉にならない吐息を漏らし、ガスパールは目を細め、鼻腔から胸一杯に香りを堪能しているようだ。

一口。

そして、また一口。

半熟玉子の黄身を割って混ぜながら、風味豊かなパン粥を啜る。

その姿は、壮年というよりも、少年のそれだ。

豆もパンも、スープの一滴すら残さずに、ガスパールはラブラビを完食した。

「ありがとう。本当に美味しかったよ」

草平と、リュカのそれぞれと、ガスパールは握手を交わす。

がっしりとした、大きな手だ。

大きな金貨を二枚もくれたので、草平は一枚をリュカに押し付けた。

「こ、こんなに貰えません！」

慌てて返そうとするリュカだが、草平は頭の後ろをバリバリと掻きながら、

「お前さんが料理の名前を思い出してくれなかったら、貰えなかったお金だからな」

と、決して受け取らない。

ありがとうございます、と深々お辞儀をするリュカの頭を、草平はもう一度、しっかりと撫でてやった。

そういえば、なんでリュカは海の向こうの料理なんていうものを知っていたんだろうか。

ふとそんなことが気になったが、バタバタとひなたが正太郎を連れて裏口から入ってきたので、聞きそびれてしまった。

まぁ、そういうこともあるだろう。また聞けばいい。

神棚に手を合わせ、草平は夜の仕込みをするのであった。

カミーユと奈々海とジャン

「いったい、どうなってるっていうのよ……」

久しぶりに居酒屋げんを訪れた奈々海は、見るからに疲労困憊していた。

昼過ぎの店内には客の姿はない。

どうしたのよ、とひなたが尋ねると、妹である奈々海は、「あー！」と自分の頭を掻き毟る。

「ここで預かった銀貨が、どうやっっっっっても換金できない！」

和室でおかきを齧りながら、ひなたも、おお、と手を打つ。

居酒屋げんがこちらの世界へ繋がってはじめに直面した問題は、換金だ。

こちらの世界での支払いは、銀貨や金貨。

当然ながら、日本円ではない。

支払いは、王都の貨幣。

仕入れは、日本の通貨。

営業すればするほど資産は目減りする計算になる。

草平はどういうわけかあまり気にしていなかったようだが、それは流石にまずかろうとひなたと正太郎は心配していたのだ。

とある解決策が見つかるまで。

「古物商で交換してきたらいいじゃない。稲荷神社の横の」

「そう、それなの！」

菓子器ごとひったくって、奈々海もバリバリとおかきを齧る。

「あの手この手と色々試したのに、なんであの古物商でだけ換金可能なのよ！」

日本における金や銀といった取引は貴金属管理法で厳しく管理されているものだ。

とはいえ、少量であればなんとか換金できるはず、と奈々海は踏んでいたようなのだが。

「上手くいきそうなタイミングであれこれ邪魔が入ったり、法律上は問題なくても個人のポリシーで取引できなかったり……」

ぶつぶつと文句を連ねながらせんべいを齧る奈々海を見て、ひなたが小さく肩を竦める。

「よかったじゃない。うっかり罪に手を染めなくて」

「それはそうなんだけど！」

奈々海には奈々海にしか分かりえない煩悶があるのだろう。

姉としては妹のそれをどうしてやることもできないのであるが。

稲荷神社横の怪しげな古物商に換金してもらうのも、シルバーアクセサリーの職人に卸すのも大して変わりないだろうに、と思いながら、ひなたは菓子器を奈々海から取り返した。

奈々海も家族の一員だ。自分の才覚で、お店の役に立ちたかったのだろうなぁと、ひなたはぼんやり考える。

昔からそういうところのある妹だった。

絶対に口にも顔にも出さないが、父親っ子なのだ。

そういう意味では、ひなたよりも母の月子の遺伝子をより濃く継いでいる。

「それにしてもこのおかき、美味しい」

どこで買ったのと尋ねる奈々海に、ひなたはひょいと正太郎を指さした。

「え、榊原さん、おかきまで自作するの？」

蒸したもち米をフードプロセッサーで餅にし、好きな具を混ぜておかきにする。

なんにでも凝り性な正太郎らしいお茶請けだ。

黒豆。サクラえび。七味入りやアーモンド入りのものもある。

「お姉ちゃんの彼氏って、本当にマメねぇ」

ちゃぶ台に突っ伏しながらぶぅたれる奈々海に、ひなたは「あんたが今食べてるのは豆じゃなくて海老（えび）だよ」と突っ込もうと思ったが、余計にややこしくなりそうなので止めた。

「奈々海もモテるんだろうから、誰か付き合っちゃえばいいのに」

奈々海はモテる。

ひなたよりも、よほどモテる。それも、男女問わずに、だ。

バレンタインに女の子から貰ったチョコレートを律義に全部食べて、にきびを作っていたのが昨日のことのように思い返される。

「お姉ちゃんはそうやって無責任に言うけどね、モテるのが大事じゃないの」

ほう。

「あのね、何人にモテたって、私は一人しかいないの。何人もの相手を同時に愛せるほど私は器用でもないし」

だから、本当に好きになれるたった一人に巡り合いたい。

そう言いながら、奈々海がアーモンド入りのおかきをバリバリと食べる。

「運命の出会いを探す努力をすればいいじゃない」

「それもそうなんだけどね……」

要するに、面倒くさいんだな、とひなたが納得した瞬間、ガラリと扉が開いた。

「頼もう！」

入ってきたのは、カミーユ・ヴェルダンだ。

先日、家督の問題が解決してからは元気はつらつで、げんにもよく足を運んでくれている。

「ねぇカミーユ、やっぱり営業時間じゃないみたいだから、やめようよ」

一緒に顔を出したのは、教会で侍祭をしているジャンだ。

気弱そうに見えるが、なんのかんのと仕事を上司から任されているところを見ると、信頼されているのかもしれない。

「しかしな、ジャン。私は小腹が空いたんだ。ちょっとした食事のできるいい具合の店はこの辺りには他にないし……」

「い、いらっしゃいませ！」

突然、素っ頓狂な声を上げたのは、奈々海だった。

いそいそと髪を撫でつけて、和室から降りてくる。

「お客様、二名様ですね。こちらのカウンターへどうぞ」

最近は学業が忙しいそうで滅多に居酒屋の仕事手伝うこともなくなった奈々海が珍しい、と思ったところでひなたははたと気が付いた。

奈々海の瞳は、恋する乙女のそれだ。

なるほどなるほど。

それならば姉として応援してやらねば、と視線の先を確かめると。

カミーユ・ヴェルダン。

〈王家の楯〉の一員で、尚武の名門ヴェルダン家の血を引く騎士。

金髪碧眼で凛々しいその姿に、奈々海は心を奪われているようだ。

ああ……

どこからどう見ても男装だと一目で分かるとひなたは思うのだが、奈々海は違った。

ファンタジーやSF、現代伝奇やスチームパンクといった、ひなたのあまり読まないジャンルの作品を愛好する奈々海のことだから、何かよく分からない琴線に触れたのかもしれない。

そう言えば奈々海のよく遊んでいるゲームにもこういう中性的な男性はたくさん登場していたような気がする。

我が妹のことながら、趣味が違う。

「こちらのおかきは、当店からのサービスです」

奈々海がいつの間にか菓子器ごとおかきを差し出した。

「お、これはありがたい。よく気の付

くお嬢さんだ」

　そんな、お嬢さんだなんて、と奈々海が頬を赤らめる。

　おかきについては元からお客さんに出す試作として正太郎が作っていたものだから、感想を聞くにはちょうどいいとして、奈々海のこの豹変ぶりはなんだか微笑ましい。

　かといって、姉としてこのまま放置することもできない。

　運命の相手と思っているカミーユが女性だと知れば、きっと奈々海も嘆き悲しむだろう。

　なんとかしなければならない。

「塩っ気があって、なかなか美味いなぁ」

「カミーユ、こっちのは味が違うよ！」

二人してポリポリとおかきを食べている姿は微笑ましいが、その周りをいそいそと自然な素振りで歩き回る奈々海もまた、面白い。

「美味しいし、腹にも溜まりそうだが、これだけでは少し物足りないなぁ」

お昼ごはんまだだもんね、というジャンにカミーユが腕を組んでうむうむと頷く。

営業時間外だが、完全に何か食べていくつもりのようだ。

「何かこう、サクッとした食感の……」

「天丼！」

口を挟んだのは、奈々海だ。

「天丼は如何ですか？　お腹にも溜まりますし、サクサクした食感が素敵ですよ」

ほう、とカミーユの目が興味を示す。

正太郎は二人の会話を聞いて、もう天丼の下拵えに入ったようだ。

この辺りの手際の良さは、大学のサークルに遊びに来ていた頃から変わらない。

海老、烏賊（いか）、茄子（なす）に獅子唐（ししとう）と、大葉に鱚（きす）と丸十（まるじゅう）も乗る。

元から今晩は天ぷらを出す予定だったらしい。さすがの正太郎もまったく何も支度のないところから天丼をつくるには時間がかかる。

奈々海はそれを見ていて天丼を勧めたのだろうと思うと、ひなたは少し反省した。

周りの状況に目を配ることに、妹は長けている。ほんの少しでも自分にその力があればなぁ、と思う毎日だ。

正太郎が、冷水で具材に衣を付けていく。ボウルを二つ重ねて、下の段には氷を入れているのは、衣をよく冷やす工夫だった。

努力家の正太郎は、なんでもすぐに試してみるし、色々な食材を買ってくる。

先日は何故か、父が「ハリッサとヒヨコ豆が役に立った」と正太郎を褒めていた。

二人だけの秘密を作られるのは少し癪だが、仲が良くなるにこしたことはない。

油に具材を静かに入れる。

揚げ油に三割ほどごま油を加えるのが草平の流儀で、本人のいないところでも、正太郎はそれを律儀に守っていた。

こうすると風味がよくなり、淡泊な食材の味が引き立つのだ。

ぷつぷつと泡が出て、音が次第にカラカラと高温に変わる。

それを見ているカミーユとジャンも、期待に胸を高鳴らせているようだ。

「ひなたちゃん、ごはんを」

「あ、はい」

慌てて、丼にご飯を盛り付ける。

こういうところだ。きっと、京都の料亭で修業したような料理人なら、言われる前にさっとやってしまうのだろう。

思わず天ぷらの出来映えに見とれていた自分とは大違いだ。

出来上がった天丼に、天丼のたれをたっぷりと掛ける。これも自家製だ。

「これは美味そうだな」

いざ実食、とフォークを持つカミーユの手がそこでぴたりと止まった。

「天と地に遍く光を御注ぎ下さる三柱の神に畏み畏み御礼仕ります……」

両手を組み、ジャンが聖句を唱える。

慌ててカミーユもそれに倣うのは、教育の行き届いた貴族ならではなのだろう。

二人の声音が一つとなって、昼下がりの居酒屋を荘厳な空気が満たす。

「さぁ、食べましょう」

ジャンが言うと、待っていましたとばかりにカミーユが海老天にフォークを突き刺した。

「このテンドンというのは凄いな。サックサクで、プリップリだ」

奈々海が、カミーユに甲斐甲斐しく、天ぷらの具材とそれぞれの味を伝えている。

やはり、惚れているのだろうか。

ひなたは姉としてどうするべきなのだろうか。

ジャンが辛い獅子唐に当たり、それをカミーユが笑う。

この二人は、少し前にカップルであると擬装しようとしたはずだが、こうしてみると、本当にお似合いだ。

よし、言おう。

お似合いの二人のこともある。

奈々海には、この傷を受けて、より幸せな恋を見つけてもらうのだ。

「ああ、美味しかったぁ」

飯粒の一つも残さずにスプーンで平らげて、カミーユが幸せそうに微笑む。

そこへ、奈々海がそっと近寄るのを、ひなたは見逃さなかった。

「あの、カミーユ様、失礼ですが」

ん、と奈々海の方をカミーユが振り返る。

ああ、割って入る機会を失してしまった。なんとか挽回しなければ。

まさかこの場ですぐさま告白するほど奈々海も短絡的ではないだろうが、なんとかしなければならない。

そう思ってひなたが間に割り込もうとするが、一瞬、奈々海の方が早かった。

「失礼ですが、お兄様か弟さんはいらっしゃいませんか？」

ぽかんとする、カミーユ。

笑いを必死に堪える、正太郎。

恋する乙女の瞳の、奈々海。

ああ、なるほど。

全てを察したひなたは、一人で合点した。これだけ美形のカミーユになら、美形の兄弟がいても不思議はない、と奈々海は踏んだのだ。

「うん、兄上が一人いる。とても素敵な兄上なんだ！」

兄上自慢をはじめるカミーユの横で、嬉しそうにジャンが二人分の支払を正太郎に済ませた。

今日も、居酒屋げんは、ほのぼのとした空気が流れている。

美食の山嶺と沃野

「なんとまぁ」

食通で鳴らしたラ・ヴィヨン卿は思わぬ偶然に目をしばたたいた。

宵闇に照らし出される、異国風の建物。

誘われるままに歩いて目的地に近付くにつれ、なんとなくそうではないかと漠然と思っていたことが、現実になった恰好だ。

居酒屋ゲン。

織工たちの暮らす街と、学生街のちょうど中間辺りに位置するこの場所に、ラ・ヴィヨンの少し見知った居酒屋はある。

「どうかなされましたか」

尋ねるのは、クロヴィス・ド・フロマン。

王室から全幅の信頼を寄せられる、勅任パン検査官だ。

恰幅のよい紳士で、パンだけでなく、庶民の食べ物にも一家言持っている。

いわゆる、食い道楽と呼ばれる一党の一人だ。

かつてのラ・ヴィヨンは、何を食べた、あれが美味かったということを喧伝してまわることで己の自己顕示欲を満たすようなところがあったが、クロヴィス・ド・フロマンにはそういう美食通にありがちなところがない。

彼はただただ、美味いものを食べるのが好きなのだ。

そういう彼の人柄を好ましく思う者は多いが、食事を共にした美食家はというと驚くほどに少ない。

クロヴィス・ド・フロマンの側がはっきりと避けているというわけでもないのだろうが、彼を晩餐に招いたことを顕示したいというような輩は、不思議とその機会が訪れないのだ。

そういうわけでラ・ヴィヨンは会食を半ば諦めていたところ、不意に、あちらからの誘いがあったのだ。

最近、とても美味いパンを食べさせる居酒屋を見つけたからとクロヴィスに案内してもらったのだが。

「……狐に誘われる店、か」

「おや、ご存知でしたか。さすが食通」

流石と言われると若干の後ろめたさを感じてしまうラ・ヴィヨンは、はじめこの店の力量を見誤っていた。

〈食の吟遊詩人〉クローヴィンケルに、勝ちたい。

その想いから、王都（パリシィア）の酒場や宿屋を手当たり次第に食べ歩きをしていた時分に、この店をたまたま見つけただけだ。

カレーウドン。

アレは実に美味かった。

偶然さえもまた運命だというのであれば、食の運があるということになろうが、ラ・ヴィヨンはそこまで傲慢にはなれない。

単なる巡り合わせだ。

周囲からは口うるさい偏屈な美食家として名を知られるラ・ヴィヨンだったが、自分自身では、謙虚な方だと思っている。

何より、美味いものは決して嘘を吐かない。

それが東王国（オイリア）貴族としての誇りであり、美食家としての矜恃であった。

「ここの店で出すパンが、めっぽう美味いのですよ」

「ほう、私が来たときにはそのようなものはありませんでしたが」

いや、あったのかもしれないな、と思い直す。

あの時はラ・ヴィヨンが難題を吹っ掛けてしまったのだ。

結果としてカレーウドンという未知の味を味わわせてもらったので後悔はない。

けれども、フロマンに褒められるようなパンなら、あの時に食べておけばよかった。

ちょっと悔しいと思いながら、ラ・ヴィヨンは硝子の引き戸を開ける。

「いらっしゃいませ！」

女給仕の挨拶に迎えられ、二人はカウンター席に座を占めた。

店内の混み具合は、ほどほど。

今日は女給仕と、年若と年嵩の二人の料理人、それと前回は見なかった少年が給仕をしている。目の回るほどの忙しさ、というほどではなさそうだが、なかなかに繁盛しているようだ。

「あ、パンのおじさん！」

「やぁ、その節はお世話になったね」

女給仕にパンのおじさんと声を掛けられ、フロマンがにこやかに応じる。

ものを知らぬとは恐ろしいことだ。王都のパン職人と穀物商人に知らぬ者のいない勅任パン検査官のクロヴィス・ド・フロマンを、〝パンのおじさん〟などと呼ぶのは、この女給仕一人だろう。

注意しようとしたが、フロマンが気にしていないようなのでラ・ヴィヨンも放っておくことにした。何故か少年給仕が慌てていたように見えたが、きっと気のせいだ。

「今日もパンは食べられるかね」

「ありますよ！　後で焼きますね」

お客さんに気に入ってもらえてよかったね、と年若の料理人ショータローが声を掛けると、ヒナタという名の女給仕は頭を掻きながらえへへと照れ笑いを浮かべた。

可愛げもあるのだな、と見ていると、さっと目の前に小皿が出される。

前菜（アミューズ・グール）とは、洒落た真似を。

「イブリガッコにクリームチーズを乗せたものです」

注文を待つ間のサービスというから、なかなか気が利いている。

しかし皿の上の肴より、ラ・ヴィヨンは配膳する少年給仕の、強い視線が気に掛かった。

この視線は、どこかで見たことがある。場末の居酒屋ではなく、もっと……

「ほう、漬け物（コルニッション）を燻製にしたのか。これは珍しいな」

フロマンがさっそく肴に手を伸ばし、満面の笑みを浮かべた。

抜かりがないというかなんというか、半壜（ドゥミ）の赤ワインも頼んでいる。

釣られてラ・ヴィヨンもぱくりと口に放り込んだ。

「……ほぅ？」

漬け物のパリポリした食感と、チーズ（フロマージュ）のなめらかな舌触りが面白い。

そしてイブリガッコとかいう漬け物の薫香と強い塩気を、チーズの柔らかな味わいが包み込んでいるのだ。

これは確かに、赤ワインだな。

フロマンに倣って半壜だけ赤ワインを頼むと、グラスでささやかに乾杯する。

「たまにはこういう店もいいものですな」

終始にこやかな表情を崩さないフロマンに内心を見透かされたような気がして、ラ・ヴィヨンはグラスに口を付けた。

美食、美食、美食。

美食家として美食を追い求めるラ・ヴィヨンのところへはあちらこちらの貴族や聖職者、商人たちからの晩餐への誘いが引きも切らない。

皆、我こそが東王国一のもてなし上手と讃えられたいのだ。

豪華な料理に凝った趣向。

どこそこの腕利き料理人を召し抱えただの、なんとかいう地方でしか獲れない鳥をこの宴のために取り寄せましただのという世辞の類いは、ほとほと聞き飽きた。

料理を食べているのか、自慢話を食べているのか、分からなくなるほどだ。

確かに出てくる料理は、美味い。

ソース一つとっても、ここ十数年で東王国全体の料理の水準は大きく向上している。

門外不出とされた出汁（フォン）の引き方を雇われ料理人が口伝で広めたり、それまで秘伝とされていた老舗の出汁の材料にある香草が使われていることが判明したりと、美食家仲間でも話題に事欠かない。

しかし、美味いと分かっているものを食べ続けていると、それに倦（う）んでいる自分に気付く瞬間が不意に訪れるのだ。

飽きたというのとは、違う。

心にぽっかりと穴の空いたような空しさというのだろうか。

不思議な感情に、ラ・ヴィヨンはこのところずっと、悩まされている。

そんな時に声を掛けてきたのが、旧知のクロヴィス・ド・フロマンだった。

考えてみれば、勅任パン検査官というのは恐るべき仕事だ。

如何に美食家であるラ・ヴィヨンといえど、その日その日の体調によって、味付けが濃いものを食べたい日もあれば、あっさりと済ませたい日もある。

だが、フロマンにはそんな我が儘は決して許されない。

毎日毎日、同じ基準でパンを食べる。

天秤のような精確さが、勅任パン検査官という仕事には求められるのだ。

そしてフロマンは、立派にその任を果たしている。

これは恐るべきことだった。

もしもこの広い世の中に〈神の舌〉なるものを持つ者がいるとすれば、それはフロマンのような存在にこそ冠されるべき称号であろう。

嘘か本当か、井戸水を飲んだだけで火山の噴火を言い当てた料理人も帝国には実在する。

そんな莫迦な話があるかとラ・ヴィヨンは疑っていたが、フロマンを見ればそういう伝説じみた話にも俄に真実味が湧くから不思議であった。

当然、フロマンの場合はパンに限ったものではあるだろうが。

「肴は何か適当に見繕ってくれないかな」

フロマンの注文に、年若の料理人も表情が引き締まる。

おまかせというのは、料理人の力量がはっきりと出るものだ。

私はカレーウドンでもいい、と言おうとしたが、止めた。

こういう注文の時に居酒屋ゲンの二人が何を出すのか、少し気になったのだ。

なにもひきだしがカレーウドンだけということもないだろう。

半壜ではさすがに赤ワインはすぐに空になったので、もう半壜追加する。

はじめに出たイブリガッコとやらをもう一皿頼むと、これでいい肴になるのだ。

少し酔いが回ってきたところで、ラ・ヴィヨンはフロマンに柄でもない質問をぶつけてみることにした。

「なぁ、フロマン殿。美食の頂点とは、どれだけ遙けき高みなのだろうな」

酒の席の戯れ言だ。

相手も気にするまい、と思っての戯れだった。

何か適当な答えを返してもらえばいい。

相槌だけでも、よかったのだ。

しかし、フロマンはふむ、と拳を唇の下へ当てると、考え込んでしまった。

相手も酔っているのだろうか。

軽々しく口にした質問が、二人の間に沈黙を漂わせる。

けれども、嫌な沈黙ではない。

グラスを傾けながら、ゆるゆると過ごすひととき。

奇抜な催し物や歌舞音曲で騒がしい大宴会に疲れ果てていたラ・ヴィヨンには、市井の居酒屋のほどよい騒々しさの中の沈黙は、不思議と心安らぐものだった。

「お待たせ致しました。白菜と豚肉の煮物です」

ふむ。

ショータローの出してきた料理は、特になんの変哲もない煮物だった。

ふわふわと立ち上る湯気には、野菜の甘い香りが微かに薫る。

「では、さっそく」

添えられた木匙で、汁を一口。

ああ。

優しい。

口の中へ拡がる優しさに、ラ・ヴィヨンは思わず嘆息を漏らした。

疲れた胃に、温かな滋養が染み込んでいくようだ。

柔らかく煮込まれたハクサイという野菜も甘みがよく出ていて、実にいい。柔らかく煮込まれた豚は噛めば口の中でほどける柔らかさで、実によい案配だ。

豚肉が重いのではないのかと不安に思ったが、なんのことはない。

黙ったまま、フロマンも煮物を口に含む。

ほう、と溜息を吐くのは、ラ・ヴィヨンと同じだ。

二人で、無心に煮物を食べる。

見る人が見れば、奇妙な光景に違いない。

片や東王国でも指折りの美食家。

片や勅任パン検査官。

その二人が、王都の場末の居酒屋で、一心不乱に煮物を食べているというのだから、不思議だ。

少年給仕が目を丸くしているような気がするが、気にしない。

最後の一滴まで飲み干すと、フロマンがぽつりと呟く。

「高さだけでなく、広さなんではありませんかな」

「広さ、ですか」

ずっと考え込んでフロマンの出した結論は、ラ・ヴィヨンの思いもしないものだった。

「ええ。例えばこの煮物。料理の〝高さ〟ではどこへ位置付けられますか」

ううむ、とラ・ヴィヨンは唸(うな)る。

豪奢でもない。特別な材料を使った風でもない。目新しさなど、どこにもない。

ただ丁寧に煮込んだ煮物は、料理の高さのどこに位置するのか。

返答に窮し、ラ・ヴィヨンは両手を挙げた。

降参、ということだ。

高さだけではなく、広さもある。

それをパンだけひたすら毎日食べ続けている男に教えられるというのは、不思議な夜だ。

「お待たせしました！」

店の奥から、ヒナタが顔を出す。

皿の上には輪切りにした狐色のバゲットが乗っていた。

「これこれ、これを食べに来たんですよ」

両手を擦り合わせ、嬉しそうにフロマンが皿へ手を伸ばす。

ラ・ヴィヨンも一切れ手に取り、囓った。

ざくり。

口の中に、小麦の香りが広がった。

なんという美味さだ。たかがパンと莫迦にしていた己の不明を、ラ・ヴィヨンは恥じる。

これを、料理の高みなどという軸で計ることはできない。

なぜならば、これはただのパンに過ぎないではないか。

それでも、パンとパンで較べれば、一等美味しいパンということになる。

なんと不思議な夜なのだろう。

ごく自然にもう一切れに手を伸ばしながら、ラ・ヴィヨンはこの夜の不思議さに感謝した。

「お客さん、これも試してみてくれませんか」

そう言って、ソーヘイがパンに何かを塗る。

香りからすると、魚と豆、それに、さきほどのイブリガッコだ。

これは、と尋ねるフロマンに、ソーヘイはイブリガッコとエダマメ、それにツナを和えた物だと答えた。

どれどれ、と手を伸ばし、ラ・ヴィヨンは言葉を失う。

パリパリプチッとなめらかに脂がのって美味い。

この濃厚な味わいがまた、白葡萄酒（ヴァン・ブラン）に、合う。

料理の高みの何処へ位置付けるかという考えは、ラ・ヴィヨンの中から、すっかりと消え去っていた。

「フロマン殿」

食べ終えて勘定を終え、店を出たラ・ヴィヨンはフロマンに向き直った。

「な、なんですか？」

常ならぬ様子に、フロマンが怯む。

そんな様子も気にせずに、ラ・ヴィヨンはフロマンの両肩に手を置いた。

「料理とは、高みも広さも、共に果てしないものですな」

「ああ、そうですなぁ」

空には満天の星空。

双月は天に在り。世はなべて、こともなし。

二人の貴族は、ふわふわとした足取りで、家路につくのであった。

翌日、居酒屋ゲンの煮物が如何に美味であるかをラ・ヴィヨンがあちこちへ宣伝したのは、言うまでもない。

二人の味

「このビリヤニっていう料理、美味いもんだねぇ」

スージーが木匙を忙しく動かしながら満面の笑みをこぼした。

ふくよかなスージーが美味しそうに頬張ると、ただでさえ美味しそうな料理がさらに美味しそうに見えるから、不思議だ。

今宵の居酒屋げんは満員御礼。

夕方から客足が途絶えることなく、注文が引きも切らない。

ビールにホッピー、ワインに焼酎だけでなく、日本酒も飛ぶように売れていく。

スージーの相棒のミリアムの方はとひなたが視線を向けると、料理の味を褒め称える余裕もないかのように、必死に木匙を皿と口の間で往復させている。

正太郎の炊き上げたビリヤニは他の客にも好評で、お代わりを頼む人も少なくない。

ビリヤニと一口に言っても色々な種類がある。

正太郎の一押しはカッチビリヤニという作り方で、恐ろしく手間の掛かる料理だ。

肉をマリネし、米を茹で、最後に米と肉を炊きあげる。

凝り性の正太郎が研究に研究を重ねたビリヤニは、米がふわっと、かつパラッとしていた。

本場のビリヤニはスパイシーな味わいが特徴だが、正太郎スペシャルは、少しマイルドで香辛料に慣れていない人でも、格段に食べやすくなっている。

食いしん坊のひなたは断言する。これだけ美味しいビリヤニを食べさせる日本人経営の店は、都内にもあまりない。

正太郎が手間暇掛けたお陰か、はじめて見る料理にもお客さんたちの評判は上々で、ひなたもリュカも目の回るような忙しさだ。

中でもミリアムとスージーの二人は特にこの料理がお気に召したようで、先ほどからもう二皿も平らげている。

教会との蜜蝋の取引が大当たりしてからというもの、ミリアムとスージーの二人はちょくちょく居酒屋げんに顔を出すようになった。

「小間物商っていうのはゲンを担ぐのも大事だからね。大きな取引の前にはこの店で食事をすることにしているのさ」とミリアムは嘯く(うそぶ)が、実際にはツケが利くからだということはひなたの目から見ても明らかだ。

ささやかな商い。

ささやかなゲン担ぎ。

ささやかな喜び。

そういうささやかな「当たり前」が、この店には染みついている。

だからこそ、ひなたはこの居酒屋げんが好きなのだ。

「正太郎さん、このビリヤニっていうのは、なかなかいいな」

匙で掬って味見をした草平が感心したように呟く。

草平が人の料理を手放しで褒めるのは珍しい。

それだけでなく、もう一口、もう一口と三口も味見をしたところから見ても、相当に気に入ったのだろう。

「ありがとうございます！」

ビリヤニの付け合わせとして出す串焼き肉を焼きながら正太郎がお辞儀する。

インドやパキスタンではカバーブと言うそうだが、ひなたにはケバブという方が馴染み深い。このカバーブが、今日は大人気の商品なのだ。

ビリヤニは一度大量に作ってしまえばいいから、正太郎はずっとカバーブを焼き続けていた。

額に汗しながら肉を焼く正太郎の姿を横目に見ながら、ひなたも一口、ビリヤニを味見してみる。

「ん？」

匙を咥えたまま、ぴたりと動きを止めたひなたの顔を、「どうかしたの？」と正太郎が不思議そうに覗き込む。

んーむとたっぷり数秒のあいだ悩んだ末、ひなたは正太郎に耳打ちした。

「正太郎さんの味、お父さんの味に似てきてない？」

「正太郎さんの味がねぇ」

顎を撫で摩りながら、草平が神棚を見上げる。

「いや、これはあくまでも私の舌の問題というか、個人の感想であり個人差がありますというか……」とひなたが弁明じみたことを言った。

閉店後、草平、正太郎、ひなた、リュカの四人で角突き合わせての会議が開かれている。

議題は、正太郎と草平の料理の味について、だ。

草平は別に気にすることもないだろうと一笑に付したのだが、正太郎がどうしてもと相談に残ってもらったという格好である。

「味が似る、かぁ」

呟く正太郎の背中を、草平がポンと叩いた。

「まぁひなたが訳の分からんことを言っているが、俺はビリヤニどころかインド料理なんてカレーしか作ったことがないんだから、似るも似ないも、気にすることはなかろうよ」

それもそうなのだ。

ひなたは草平の作ったビリヤニなど、食べたことがない。

スパイシーな料理と言えばカレーくらいなものだが、それも草平は横着して市販のルーで済ませている。正太郎と料理をするようになって、漸くガラムマサラを手にしたくらいだ。

それなのにどうして、似ていると感じたのか。

「すいません、少しいいですか」

しゅぴっと行儀よく手を挙げて、リュカが発言する。

「ショータローさんの料理を食べはじめて間もないのであくまでも想像なのですが、このビリヤニという料理は元々の味よりも、味わいが丸くなっているのではないでしょうか」

「味わいが、丸く?」

ひなたの知らない間に店員となったこの少年は、まじめに働くとてもいい子だが、ときどき不思議なことを言う。

「ええっと、説明しづらいのですが、元々、この料理は、もっと香辛料を利かせた味わいだったのではないか、と思うのです」

リュカの指摘に、草平と正太郎がふぅむと唸った。

確かに言われてみれば、先ほど味見させてもらったビリヤニは、香辛料の味わいがほどよくマイルドな範囲に留められていたという気がする。

隠し味にヨーグルトを加えるなど、刺激を抑える工夫には気を遣っていた。

それは草平の癖でもある。

素材の味を活かす、というほどではないが、草平はあまり濃い味付けを好まない。

より多くのお客さんに受け入れて貰うために、ということらしい。

「正太郎さんには、そういう自覚はあるのかい？」

草平が尋ねると、正太郎は深刻そうな顔で、大きく溜息を吐いた。

「実は……自分は、どこの店で修業していても、いつの間にか味が似てきてしまうらしいんです」

告白する正太郎の表情は、思いつめたものだ。

聞けば、どこの店でも、自分がその店の店主に憧れれば憧れるほど、味が似てきてしまうのだという。それが原因で、味泥棒ではないかと疑われたことさえあるそうだ。

ラーメン屋でも、カレー屋でも、寿司屋でも、イタリアンバルでも、中華料理屋でも、ロシア料理屋でも、蕎麦屋でも、天ぷら屋でも、喫茶店でも、ホットドッグ屋でも、ブラジル料理屋でも、パキスタン料理屋でも、オーガニックフード料理店でも、とんかつ屋でも、インド料理屋でも、お好み焼き屋でも、小料理屋でも、居酒屋でも、ありとあらゆるバイト先で、憧れの料理人に味が似てしまう。

「それが、コンプレックスだったんです」

自分なりの味。

自分らしい味。

自分の軸となる味が、どうしても見つからない。

正太郎がそんなことで悩んでいるなんて、ひなたは全く知らなかった。

いつも楽しそうに料理をし、腹を空かせた人たちに作ったものを振舞う姿だけを、ひなたは見つめていたのだ。

「ふぅん。それならそれでいいんじゃねぇか」

沈黙を破ったのは、草平だ。

「え、いいんですか？」

「そりゃお前、なんだって習いはじめは師匠の真似をするもんだろう」

でも、とそれでも言い募ろうとする正太郎を、草平は制した。

「お前さん、今日のお客さんがなんて言ったか覚えてるか？」

「……あ」

次はいつ、この料理をやるんだい？

スージーとミリアムは溜まっていたツケを払いながら、嬉しそうにそう尋ねたものだ。

つまり、この味が気に入っている、ということだった。

「まぁ、味の濃い薄いは料理人それぞれだ。ただな、ここは居酒屋だ」

草平は鍋に残っていたビリヤニを、匙で掬って食べる。

「肴は、酒に合うように。料理は、また食べたくなるように。俺ァ、そういう塩梅で、この店の味というものを決めてきたつもりだ」

お前さんはその考え方について、どう思うね。

視線だけで、草平が正太郎に尋ねる。

一瞬だけ間を置いて、榊原正太郎は、力強く頷いた。

「是非、この味を、身に付けたいと思います」

ひなたは、それでいい、と思う。

いつか正太郎が、草平も思いもつかないような味付けを思いつくかもしれない。

その日が来るのは、まだ当分先だろう。

ひょっとすると、グルグル回って、ゴールはやっぱりここだったということだって、あり得るかもしれないのだ。

それまで、自分は正太郎の傍にいよう。

ふと見上げると、視線の先に神棚があった。

どうか、二人を、この店を見守って下さい。

心の中で、手を合わせる。

どこかでコーンと一声、狐が鳴いたような気がした。

【閑話】そして榎（えのき）は残った

「ここの住所って、どうなるのかしらね」

カウンター席に優雅に腰掛け、ブルーオニオンのティーカップでラデュレの茶葉の香りを楽しみながら、月子が誰にともなく呟いた。

居酒屋げんは、のどかな昼下がり。

客の姿はなく、仕込み中の草平と正太郎、それにひなたが寝転がって煎餅を食べているだけだ。

「住所、ですか？」

正太郎が聞き返すと月子は、ええ、と頷く。

「こちらの法律はさっぱりだけど、登記なんかが必要なら、知っておいた方がいいんじゃないかと思ってね」

出た、とひなたは首を竦めた。

老舗（しにせ）の呉服屋の娘として生を享（う）けた母月子には、商才がある。

いや、全てを商売に結びつけて考える思考の様式を持っているというべきだろうか。

若かりし頃の草平と駆け落ち同然で家を出てからは自力でファッション系の会社を設立し、ついには傾いていた本家の呉服屋を買収したほどだ。

登記、節税、費用対効果、損益分岐点。

ひなたの人生では滅多に耳にすることのない魔法の言葉の数々を、月子と奈々海はスーパーで買う今晩のおかずのように扱う。

正直なところ、ついていけない世界だ。

「……分からん」

芋の皮を剥きながら、草平がぼそりと答える。

「分からない、っていうのは？」

月子がずい、と身を乗り出した。

色々と理由を付けて店を訪れるが、結局は草平の顔を見に来ている母である。

「この王都(パリシア)っていう街では店を出している通りの名前で住所が決まるらしいんだが、誰に聞いても答えが一致しないんだ」

ああ、とひなたも思い出した。

確かにそういう話を客としたことがある。

「私も知ってる！」

元気よく挙手をして、知っている〝この通りの通称〟を指折り数えてみた。

「まずは布地通り(リュ・ラ・トワール)でしょ」

これは分かりやすい。織物職人たちの住む家や工房が並んでいるからだ。多くは第二布地通りに移ってしまったそうだが、まだ住み続けている人も少なくない。

「次がルーオ語通り（リュ・ルーオン）」

これは学生街が近いからだ。少し行けば、王立大学があり、そこではルーオ語が話される。

お客の中にも、学生や家庭教師がいるのはこれが理由だ。

「それから、雌狐通り（リュ・ルナルドゥ）」

この呼び名については、意外に博識なジャンに聞いた。

昔々、まだ王都の城壁がもっと狭い範囲だけを護っていた頃、この辺りにはたくさんの狐が棲んでいて、狐の巣穴がそこかしこにあったのだという。

「そして最後が榎通り（リュ・ミコクリエ）」

榎、という言葉を聞いて、草平と月子が顔を見合わせた。

「榎か……」

「榎ねぇ……」

二人して遠い目をする両親に、ひなたはなんだか妙なもやもやしたものを感じてしまう。

嫉妬（しっと）、というほどでもない。ただ同じ家族なのに、自分の知らないキーワードに反応する二人がちょっと羨ましく感じてしまったのだ。

「こっちの市場を見に行くときに見ましたけど、立派な榎が生えてましたよ」

うどんを捏ねる正太郎にそう言われると、草平と月子はまた顔を見合わせる。

「ちょっと、見に行ってみるか」

「そうね。ちょっとね」

店、頼むなと正太郎にお願いし、草平と月子が連れ立って硝子戸を出るのに、ひなたはバタバタと慌ててついていった。

昼の王都は人通りが多い。

人混みを縫うように三人は榎の樹を目指す。

「月ちゃ、いや、お母さんの実家が代々氏子やってる神社には、榎が繁っててな」

前を向いたままだが、草平がぽつりぽつりと呟く言葉は、ひなたに向けたものだ。

その榎は、ひなたも憶えている。

社の周りを取り囲む榎の緑は涼やかで、子供心に雰囲気を気に入った。

「昔はよく、あそこで待ち合わせしたのよね」

「……そうだったかな」

「そうだったのよ」

年の離れた二人の馴れ初めを、ひなたはほとんど知らない。

周りからは草平が駆け落ちの主犯だと思われているが、ぞっこんだったのは月子の方だったと、知っているだけだ。

「一番大きいのは、昔伐られちゃったのよね」

「そうそう。爺さんが子供の頃かな」

草平の祖父ということは、ひなたの曽祖父に当たる。確か名前は道之介だったか。

由緒ある樹だった、と月子が説明する。

「大きな神社に集会へ行く狐たちが、その榎の下で装束を直したんですって」

へぇ、とひなたが相槌を打った。

しかし、そんな大切な榎を伐り倒すものなのだろうか。

そういえば、と草平は頭を撫でる。

「爺さん、妙なことを言ってたな。伐ったんじゃなくて、伐ったことにした、とか」

「え、でも、榎はなくなったんでしょ？」

ひなたが問い質しても、草平はうーむと首を捻るばかりだ。

榎は消えた。それは間違いがない。

ああでもないこうでもないと言いながら、三人で推理とも言えない推理を交わす。

ぶらぶらと歩いていると、通りの外れ、別の通りとの六叉路になっている場所に辿り着いた。

「ああ、これが榎通りの榎か」

居酒屋げんへと続く通りの入り口に、一本の榎がそびえ立っている。

枝ぶりも豊かなその一本は、ひなたが子供の頃に神社で見たものよりも立派だ。

その榎を見た瞬間、月子が両の人差し指を頭のこめかみに当てて、うーんと考え込みはじめる。何かを思い出そうとしているようだ。

「どうしたの、お母さん」

心配するひなたに、月子は意外なことを答えた。

「……この榎、見たことがあるのよ」

そんなはずはない。

月子はこちらの世界に数回しか来たことがない。

店から出たのも、今日がはじめてだ。

「……思い出した」

写真だ、と月子が呟く。

「拡幅工事で榎を伐る前の写真が、大黒屋に残ってたのよ」

ああ、と草平も何かを思い出すように目を瞑った。

「あったな、そんな写真。子供の頃の道之介爺さんが写ってた奴だ」

あの写真の榎とそっくりじゃないか、と尋ねる月子に、さすがにそこまでは憶えていないと草平は半信半疑だ。

「まさかねぇ」

神社の樹を伐り倒したのではなく、こちらに移した?

そんな馬鹿な話があるのだろうか。

けれども、そんなことを言いはじめたら、こちらの世界で営業をしている居酒屋げんは何なのだという話になる。

「あー！」

樹の幹を確かめていた月子が、年甲斐もなく素っ頓狂な声を上げた。

樹の洞(ほら)の中に、油紙に包まれた手紙がこっそりと隠されていたのだ。

「なになに、何が書いてあるの？」

三人で開いてみると、紙には次のようなことが書かれていた。

『狐ノ神通力ニ依(ヨ)リテ、榎ヲ異郷ヘト遷(ウツ)ス。我、異郷トハ桃源郷ノ如キカト思ヒシガ、煉瓦(レンガ)作リノ街ナリ。葦村道之介』

あはは、とひなたは力なく笑う。

奇縁というかなんというか、九十年ほど前に自分のご先祖様がこちらの世界へやって来ており、しかもその時に一緒に移ってきた榎の樹が、通りの名前にもなっているというのだ。

「不思議なこともあるもんだなぁ」

「不思議なこともあるものねぇ」

物事に動じない草平はぼんやりと、密かに幻想文学を愛している月子はうっとりと、事の顛末の感想を述べる。

三人は、揃って榎の樹を見上げた。

榎は豊かに緑の葉を茂らせている。

一陣の爽やかな風が木の葉を揺すり、懐かしい旧友に挨拶をしているように聞こえた。

キザ男と焼き鳥のたれ

「美味い」

運んだ端から、焼き鳥が消えていく。

皮、もも、ネギマにつくね。

平民風の衣装に身を包んだ優男の胃袋にどれだけの空間が広がっているのか。

給仕をしながら、ひなたは密かに舌を巻かざるを得ない。

静かな夜更け。

客足も少し落ち着き、今の店内には焼き鳥を頬張る彼と、家庭教師のアナトール・エレボスの他、数人しかいない。

リュカに早めに帰って貰ったが、このくらいならひなたでもホールは十分回る。

店内には焼き鳥を炙るじうじうという音と、時折、炭火に落ちた脂がぱちりと爆ぜる音が響く。

手間がかかるので普段は焼き鳥はやらないのだが、草平の気まぐれで今日は焼き鳥の日ということになったのだ。

「お嬢さん（マドモアゼル）、次はボンジリとハツ、それにスナギモを」

焼き鳥好きの男が、追加の注文をすらすらと口にする。

「はい、全てタレですね」

確認するまでもないのだが、ひなたは念のために確認した。

「その通り（エグザクトゥマン）！」

とてもいい笑顔で答えるこの客の名前は、セドリック。

物腰柔らかな所作は、平民のそれというよりも貴族としてのマナー教育を受けたのではないかと思わせる。

この美男子が、先ほどからずっと、焼き鳥を食べ続けていた。

ふらりとやって来て、たまたま注文した焼き鳥が大層気に入ったらしい。

塩も試してみたのだが、気に入ったのはタレの方だ。

草平が炭火で焼き上げたばかりの皮を、はふりと頬張る。

はふり、

もぐり、

もぐり。

健啖家（けんたんか）とはこういう人のことを言うのだろう。

次々と口元へ串を運び美味そうに平らげる。

自然とこぼれる笑みが、実に魅力的だ。

世の中には食事を美味しそうに食べる才能のある人間が存在する。

セドリックは間違いなくその天賦(てんぷ)の才を授かった一人に違いない。

見ているひなたも思わず喉が鳴るほどに、美味そうに焼き鳥を口にする。

口で串から正肉を抜き取る仕草の一つさえも、美しい。

「このヤキトリという料理は実に素晴らしいね」

親指に付いたタレを舐めとりながら、セドリックは瞑目(めいもく)する。

「砂糖(シュクル)にネギ(ポワロ)、何かの酒精(アルコール)、それと……」

指を折りながらタレの材料を言い当てていくセドリックの言葉がそこで止まった。

さすがに醤油は言い当てられないだろう。

そう高を括っていたひなたは、セドリックの言葉に度肝を抜かれた。

「……魚醤(ガルム)に似た発酵調味料、でも魚の臭みがない。これは……豆が原料かな」

言い当ててみせたセドリックに、草平が小さく頷く。

それを見て、セドリックは満足げに口元を綻ばせた。

「ああ、よかった。食べ物の材料当ては数少ない特技だからね」

安堵(あんど)したようにセドリックはジョッキビールの残りを干す。

焼き鳥を食べつつ結構な量を飲んでいるはずだが、酔っている様子はほとんど見えない。

「すごい特技ですね」

ひなたが褒めると、セドリックはニヤリと気障に笑った。

「種明かしをするとね、食べたことがあるんだ」

えっと思わずひなたは声を上げそうになった。

焼き鳥を食べたことがある、ということだろうか。

醤油とみりんを使った焼き鳥が、こちらの世界にあるとは考えにくい。

そうなると、この居酒屋げん以外にも、日本と繋がった店があるのだろうか。

今まで努めて無視するようにしてきたが、異世界と日本とを居酒屋が接続しているという状況はやはり妙だ。

原因の一端でも分かれば、とひなたが見つめる。その視線に気づいているのかいないのか、セドリックはタレの入った容器をビシリと指さした。

「これは、連合王国のショーユだろう」

あ、とひなたは得心する。

タレを知っているのではなく、醤油を知っているのだ。

しかし、そうなると今度は別の疑問が湧き上がる。

どうしてこちらの世界に醤油があるのだろうか？

「ショーユに目を付けたのは実に素晴らしいな。あの調味料は連合王国でもごく一部の地域でしか流通していないが、可能性に満ちた素晴らしい調味料だ。製法までは知らないが、東王国でも作れるようになればいいなと常々思っていたんだ」

このセドリックという男、口ぶりからして、随分と料理に詳しいようだ。

まるでリュカのようだ、とひなたはぼんやり考える。

そういえば、このセドリックとリュカ、どことなしに雰囲気に似通ったところがあった。

親子と言われれば信じてしまいそうなほどだ。

セドリックが美味そうにねぎまにかぶりつく。

「それにしてもこのタレは素晴らしいな。ショーユだけでもよい味わいだが、酒精の甘みと隠し味のネギ、それに砂糖が味を丸くしている。これならば……」

言葉をそこで切ると、セドリックは焼き鳥を返す草平をじっと見つめた。

「……王の宮廷で供するに値する」

口元を拭いながら宣言するセドリックの表情は得意げだ。

「こんな格好をしているが、実は私も少しは名の知れた貴族でね。王室の口に入るものの一切に責任を持つ内膳司とも関わりがあるのだ」

前にもこんなことがあったな、とひなたはぼんやり思い出した。

あの時はパンの味が良いと褒められたのだったか。

ひなたの答えは、ノーだった。

だからこそ、父である草平の答えも分かり切っている。

「お褒めいただき、ありがとうございます。でもうちはごく普通の居酒屋ですから」

やはり。

ひなたの思った通りの答えを、父は返した。

草平の答えに、カウンターの隅に座るアナトール・エレボスも小さく頷いている。

「何故だ！　王室内膳司のクルスタン家に縁のある私が推挙すれば、必ず……」

草平は深々と頭を下げた。

「自分で、自分の分くらいは弁えておりますので」

こうもきっぱりと謝絶されることは予想外だったのか、セドリックは目を白黒させた後、大きく溜息を吐いた。

小さく肩を竦め、店を訪れた時と同じく優男の表情に戻って、平静を繕う。

「貴方の言い分は、とてもよく分かった。だが、私は諦めないからな」

そう言い残すと、セドリックはたっぷりの銀貨をカウンターへ置き、颯爽と店を後にした。

いったい、なんだったんだろうか。

背中を見送るひなたに、アナトールがホッピーのお代わりを注文する。

「なんだかよく分からん客だったなぁ」

「たくさん食べて下さるお客さんは、いいお客さんですよ」

それはそうだ、とアナトールが笑う。

しかし、とアナトールは顎を撫でながら呟いた。

「クルスタン家というとちょっと前に色々ごたごたがあったはずだがなぁ」

貴族というのも色々あるのだなぁとひなたはエプロンを締め直す。

「あ」

「どうした？」

草平に尋ねられ、ひなた父に耳打ちする。

「連合王国の醤油のこと、聞きそびれちゃった」

ああ、と草平は頷く。

「……まぁ、狐か天狗の仕業じゃないかなぁ」

いやいやいやと否定するひなた。

しかし、草平は本気なのか気にも留めていないのか、鳥を焼く作業に戻ってしまった。

うぅむと首を捻るひなただったが、

「ま、悩んでも分からないものは分からないか」と、給仕に戻る。

こうして、居酒屋げんの夜は今日も更けていくのであった。

酒と肴と記憶と土地と

「ぷはぁ、うンまい」

夜更けの王都（パリシィア）。

居酒屋げんのカウンターで、老人が実に美味そうにジョッキの中身を干していく。

「ピエール爺さん、相変わらず美味そうに飲むもんだな」

隣に座るのはひょろりと背の高い職人で、〈顎髭〉のエリクという。

宿屋か何かの隠居だというピエール老人のご相伴に与って、夜の王都を飲み歩いているのだ。

「そりゃあそうじゃよ。こンな場末の酒場でこれほど上等のラガーが飲めるなンて、普通は想像もせンからのぅ」

豊かな白髭を口の上と下とに蓄えた老人が、微笑みながらジョッキをひなたに手渡し、お代わりを注文する。

はじめはこのガラスのジョッキの出所はどこだとか、聖王国（ルブシア）からどういう経路で購入したのかとしつこく尋ねられた。

　だが、ひなたも正太郎も曖昧に笑っていると、観念したのか諦めてしまった。

　程よく混み合った店内だが、今日は草平もリュカも休みだ。

　こんな時に休まなくても、とはじめは頬を膨らませたひなただったが、よくよく考えてみれば、それだけ正太郎のことを信頼してくれている、ということだろう。

　いずれは自分の店を持ちたい。

　そう考えている正太郎にとって、こうやって店の切り盛りを任せられるのは、何よりの予行練習になるはずだ。

　父親の意図に気付くと、ひなたの方も俄然、やる気が湧いてくる。

　しっかりと接客をして、恥ずかしくない店にしなければ。その為にも、お客の声に耳を傾けて、さりげないニーズを汲み取るのも仕事のうちだ。

「それにしてもピエール爺さん、ラガーってのはいったい全体、なんなんだね？　無学なオレには単なるエールにしか見えんが」

　半ば呆れたようにエリクが長い顎髭を撫でた。

「帝国がこれまで作り方を独占しておった、全く新しいエールじゃよ。より正確に言えばエールとは異なる酒ということになろうが、まぁここでは措（お）くとしよう」

　要するに、作り方と味の違う麦の酒と憶えておけば充分じゃよ、と嬉しそうにまたジョッキに口を付ける。

「ちょっと飲んでみたが、エールと較べると少し苦みがあるな」

エリクが指摘すると、ピエールの目が光った。

「そう！　この苦みが、揚げ物と実に……よく合う！」

ヒレカツを頬張りながら、ラガーをぐいっと飲み干す姿には、ひなたも思わず喉が鳴る。

「……まったく、よく飲むジーサンだ」

「そのジーサンの金で飲んでるのはどこのどいつかなぁ？」

へぇへぇと謝るエリクの様子に微笑を浮かべながら、正太郎が尋ねた。

「珍しいですね。この街の人はワインこそ至高だ、って他のお酒はあまり飲まない人が多いのに」

高齢のご婦人でも「一本は多いから」と半壜(ドゥミ)のワインを開けて料理を食べる。足りなければ追加するので、結局は一本飲むことになるのだが。

ひなたは、子供にも水割りのワインを飲ませる親を見たことがある。

この街ではそれがごく自然な光景なのだ。

そりゃそうよ、とエリクが胸を張る。

「ワインといえばルーオの昔からずっと至高の酒として君臨し続ける、酒の中の酒、酒の王だからな。他の酒と較べるのは烏滸(おこ)がましいってもんよ」

ふふんと腕を組むエリクに、そうかのぅとピエールが上目づかいに問いかけた。

「確かに、ワインは美味い。それは間違いない」

しかし、とこの宿屋の隠居は続ける。

「ワインの原料となる葡萄が栽培できる限界、というものがある」

帝国の北の方や、南へ海を渡っていっても難しい。とピエール。

その土地の果樹があり、その土地の作物があり、その土地の酒がある。

土地によって祭や礼儀作法が違うように。

「酒と肴、料理というものは畢竟（ひっきょう）、その土地土地の文化や風土と共に育つものじゃ。もちろん、よいものは別の土地へ運ばれて新たな価値を育むことになるがな」

これも、その一つよな、とジョッキで口を湿らせながら、ピエールは目を細める。

「ワイン、エール、ラガーにミード、ウイスキー、アクアビット、ブランデー……火酒にヤシ酒、薬草酒にラク酒……世の中には数限りない酒があって、それが飲まれる土地には、その酒に合った料理がある」

指折って酒の名を挙げていったピエールの目が、正太郎に向けられた。

「ところでショータロー。さっき食べたタタミイワシ。あれはどう考えても、ワイン向けではない。かといって、ラガーの相性こそが最高だとも思えん」

何か、酒を隠しておるのではあるまいな？

口元にニヤニヤとした笑みを浮かべながら、ピエールがカウンター席から腰を浮かす。

隣に座るエリクもニヤニヤとした笑みを浮かべていた。

「じ、実は……」

たはは、と頭の後ろを掻きながら、正太郎は獺祭の720㎖壜を取り出す。

「……ほう、はじめて見る壜だが」

飲み方は？　と訊くピエールに、ひなたは、常温でも、冷やしてでも、と答えた。

「それはまた面白い酒だな」

楽しみでしょうがないという笑みを浮かべながら、ピエールは豊かな白髭を弄ぶ。

隣の席のエリクも興味津々だ。冷酒を切子の器に注ぐ。

「ほう、透明な酒か」

ピエールによればここより東の土地にはラク酒という透明な酒があり、水を加えると濁るのだという。世の中には変わった酒もあるものだ。

芳醇な香りを楽しんでからピエールが、切子に口を付ける。

「……おぉ」

嘆声。

つられてエリクも一口飲み、眼を見瞠く。

「すっきりした酒だなぁ」

「……魚、だな」

感想を述べるエリクに対し、ピエールは目を細めてこの酒に合う料理を考えはじめていた。

「魚か。どうだろうな、なんにでも合いそうな気がするが」

舌でペロリを口の端の雫を舐めとるエリクに、ピエールがいやいやと首を振る。

「ソースでしっかり味付けをした東王国(オイリア)風の魚料理ではないぞ。素材の味を活かした料理が合うはずだ。単純な味付けで素材の新鮮さを味わう。そこにこの酒を合わせれば……」

言いながら、冷酒をもう一口。

「必ず、美味いものになる」

これに合う料理を出してくれ、と勢い込んで注文するピエールに、エリクは物好きだねぇと片頬だけで笑いながら、しみじみと一口一口を愉しんでいる。

それでしたら、と正太郎が刺身の盛り合わせを用意した。

桶に盛った五種盛りの刺身はいずれも市場で買ってきた質のいい魚たちだ。

ほほう！　とピエールが歓声を上げる。

「こちらの醤油につけてお召し上がりください」

「ショーユか。確か連合王国(ケルティア)で最近使われはじめた調味料だな」

ん、とひなたは考えた。

少し前にも同じようなことを言っていたお客さんがいた。

「よくご存じですね」と正太郎が尋ねると、ピエールの表情が一瞬曇る。

「……息子が連合王国から嫁を貰ったからな。あちらの料理は、一通り調べた」

物好きだねぇ、とエリクがピエールの背中を叩いた。

義理の娘の出身地を料理や調味料に到るまで調べようという人間は、確かに少ないだろう、とひなたも思う。

「それよりも、魚じゃな」

両手を揉み合わせ、満面の笑みでピエールは魚を摘まんだ。

鮭だ。

「ほう！」

脂の乗ったねっとりとした鮭の旨み。それを獺祭が洗い流していく。

「……これは素晴らしいなぁ」

実に幸せそうな笑みを浮かべるピエール。

はじめは生魚に躊躇(ためら)いの表情を浮かべていたエリクも、えいやっと口に含み、その美味さに目を丸くした。

「いいな。なるほどな。こういう食文化もあるのか」

きっと切り方に工夫があるはず、と庖丁に関心を示すピエールに、何度も絶賛される正太郎も嬉しそうだ。

「魚とショーユ、そしてこの透明な酒。この組み合わせ(マリアージュ)が、実に素晴らしいな」

しみじみとピエールが呟く。

「我が家もこのようにぴったりと噛み合えばよいのだがなぁ」と続ける老爺の顔は、いつもよりもひどく寂しげに見えた。

唐揚げ問答

「それでは、三人揃っての合格を祝して、乾杯(サンテ)！」

このところ店によく顔を出す衛兵三人組が、ジョッキとグラスを勢いよく打ち合わせる。

実を言えば、乾杯はもう三回目だ。

回を重ねても嬉しそうなので、見ているリュカにとっても微笑ましい。

三人は王都(パリシィア)を守る衛兵隊に所属していた。

衛兵といっても王都にはそれこそ精鋭からごろつきまがいまで、いくつもの部隊がある。

その中でも、東塔伯(とうとうはく)の麾下(きか)にあるルグドゥヌム聯隊(れんたい)といえば、リュカでも耳にしたことのある精強な部隊だ。

今日の祝宴は、三人の衛兵の肩書から〈見習い(カデ)〉の呼称が取れたお祝いなのだという。

「ぷはぁ、やっぱり合格して飲む酒は美味いなぁ」

ヤンという名前の赤毛の衛兵が口の回りについたラガーの泡を拭った。

「まったくだね」

そう応じるぽっちゃりした男はトビー。パン職人の息子だ。

「こんなことなら、毎日でも衛兵に合格したいよ」

既にほろ酔いで頬を赤くしている細身の衛兵はカンタンという名で、銀細工商人の息子。

聞こうと思って耳を欹(そばだ)てているわけでもないのにリュカが彼らの身上を知っているのは、仲のいい彼らが店を訪れるたびに色々な話をするからだ。

〈親友の絆と古いチーズは容易く割れない〉なんていう言葉が東王国(オイリア)にはあるが、この三人もその類いだろう。

友人らしい友人のいないリュカとしては、羨ましい限りだ。

きっとこの三人なら、どんな難題が立ち塞がっても喧嘩なんてしないんだろうな。

そんな風に思いながら皿を拭いていると、突然、ヤンが立ち上がった。

「いいや、違うね！」

これまでに見たことのない剣幕だ。

いったい、何が。おろおろするリュカの目の前で、トビーが腕を組んでフンと鼻を鳴らす。

「まさか君らがこんなに分からず屋やだとは思わなかったよ」

それを聞いたカンタンが肩を竦めた。

「そっくりそのままお返しするよ、トビー」

こんな僅かな間に、何があったのか。

訝しむリュカの視線の先で、ヤンがテーブルにジョッキをドン、と置いた。

「カラアゲに一番合うのは、ラガーに決まっているだろう！」

「いいや、ホッピーだね」とトビー。

「君たちにはカラアゲと赤ワインとの玄妙なマリアージュが分からないらしいね」と

グラスに口を付けるのはカンタンだ。

リュカは呆れると共に、ホッとした。

なんのことはない。カラアゲに最も合うお酒の種類を巡って言い争っているだけのようだ。

居酒屋ゲンのカラアゲは老若男女に人気のある定番メニューの一つ。

それゆえに、どの酒がこの料理に一番合うのかについては、常連の間でも侃々諤々の議論が繰り広げられている。

ラガー派。

ホッピー派。

それと、少数ながら赤ワイン派。

リュカの見立てと、三人の新人衛士たちの意見は概ね一致する。

甘みのある林檎酒(シードル)や、最近ゲンで扱いはじめたサケは、一歩及ばずのようだ。

「想像してみて欲しい」

フォークにズブリとカラアゲを刺して、ヤンが立ち上がる。熱い肉汁の滴(したた)るカラアゲは如何にも美味そうに見える。

「夏の暑い日、陽炎立ち上る営庭での厳しい訓練。先輩たちの命令で額から汗を垂らしながら走るだろう?」

情感たっぷりの語り口に、リュカの目の前にも炎暑の訓練場が見えるようだ。

「その後に、だ。疲れてふらふらになった身体でこの店へ這々(ほうほう)の体(てい)で辿り着き、息も絶え絶えになりながら、カラアゲとラガーを頼む。そして、目の前に現われたこいつを……」

がぶり。

思い切り豪快にカラアゲを齧ると、そのままジョッキのラガーで流し込む。

ゴクリ、ゴクリ……

「ぷっっっはーーー! この一杯のために生きてるぅ!」

口元の泡を拭う満面の笑顔に、周囲の客たちもなんだなんだと注目をはじめた。

「分かるかな? つまり、カラアゲにはラガーが一番。間違いないね」

ご清聴ありがとうございましたとばかりに、周りにお辞儀をするヤンの姿は、如何にも旅芸人の息子らしい。

「うーん、確かにカラアゲとラガーは合うと思うよ」

ぽっちゃりしたトビーが、両の人差し指でチャンバラをするように交差させながら、訥々と話しはじめる。

「ふむ、ご意見拝聴」とカンタンが背もたれにグイと体重を預けた。

「ちょっとこの店の店内を見回して欲しいんだ」

トビーに促されるままに、ヤンとカンタンはぐるりと店内に視線を彷徨わせる。

夜の帳が下りたばかりの店内には三人以外にも客がいて、それぞれに酒肴を愉しんでいた。

「みんな色々なものを食べて賑わっているけど、それがどうした」と、ヤンが尋ねる。

「そう、色々な物を食べているんだよ」

おっとりした口調のトビーの語調が、にわかに強くなった。

「この店には、美味しいものが多い。それこそ、何回通っても飽きないくらいにね」

うんうん、と二人も頷く。

「だからこそ、僕はホッピーを推すんだよ」

ばくり、ばくりとカラアゲを二個一気に口に放り込むトビー。

そしてそのまま、ホッピーのジョッキに口を付けると、
ゴッゴッゴッゴッゴッゴッゴッ……

「ぷっはぁっ……リュカ君、お代わり！」

「は、はい」

気持ちのいい飲みっぷりに視線を奪われていたリュカが、慌てて返事をする。

居酒屋ゲンではホッピーを安く提供しているから、ラガー二杯分でホッピーを三杯飲めるのだ。

「節約だよ。お酒に回すお金を使って、その分、色々な料理を愉しむ」

そう言いながら、トビーはひなたに海鮮ブルスケッタを注文する。

オリーブオイルと塩で軽く味付けをした新鮮な魚介類を、少し炙った薄切りのバケットにのせた一品だ。

これもホッピーに合う肴として最近人気急上昇中である。

「もちろん、ホッピーも美味しいしね」

いい笑顔で更に一つカラアゲを食べるトビーに、周囲から拍手が巻き起こった。

みんな、色々な料理は食べたいが懐具合との相談は悩みどころのようだ。

「……そもそも雄鳥の赤葡萄酒煮（コック・オ・ヴァン）を例に挙げるまでもなく、葡萄酒と鶏肉は、合う」

顔の前で掌を組み、論理的に語るカンタンの姿は、自信に満ちていた。

理路整然と語るカンタンのお手並み拝見と、リュカも耳を欹（そばだ）てる。

「この店のカラアゲは、香辛料で味付けをしてある。葡萄酒には香辛料を加える飲み方もあるのは知っているだろう？　……あー、だからつまり、鶏と葡萄酒と香辛料で、合う。はずだ」

滑り出しはよかったが、途中から論旨が揺らいでしまった。

惜しいな、と聞いていたリュカは思ったけれども、着眼点はいいと思う。

「ふーむ」

「言われてみれば、そんな気もするな……」

三人の言い分はそれぞれもっともだ。

さっぱりとした味わい。

値段。

伝統的な材料の組み合わせ。

どれも納得はいくけれども、逆に決め手に欠ける。

「どれもいいような気がしてきて、結論が出ないんだよな……」

その時、混沌とした議論に、颯爽と割り込む者が現われた。

「何をつまらないことで言い争っているかと思えば……」

「貴女は！」

「〈国王の楯〉のカミーユ・ヴェルダン殿！」

衛兵の間では名が知られているのか、カミーユの態度は威厳に満ちている。

「カラアゲに何が合うかで言い争うとは、まったく嘆かわしい……そんなことは分かりきっているだろうが」

断言するカミーユの自信に満ちた発言に、三人が息を呑んだ。

「それは……いったい？」

「それはな」

カミーユがカウンターから、食器を一つ、手に取った。

「カラアゲには、白米がいちばん！」

宣言するや否や、カミーユは三人の皿に盛られていたカラアゲを一つ豪快に口へ運ぶ。

三人とも呆気にとられて、見ていることしかできない。

「贅沢に二度揚げされてサクサクのカラアゲを頬張る。そこにすかさず、真っ白い米を大盛りでわしわしと掻き込む。美味い！」

その様子を見ていたショータローとヒナタが「大学生みたいだ」「大学生みたいだね」と囁き合っているのが聞こえたが、リュカにはダイガクセーが何かは分からなかった。

「居酒屋ゲンの常連であるこの私が言うのだから、間違いはない。次からつまらないことで喧嘩をすることなく、カラアゲにはライスを……」

「カミーユ、カミーユ」

三人を説諭するカミーユを遮るように、ジャンがカミーユの袖を引っ張る。

「今ならヒナタさんのシフォンケーキ食べられるって」

「なに！　それは是非とも賞味せねばなるまい！」

「カラアゲも白米もあんなに食べたのに、まだ入る？」

心配そうなジャンに、カミーユが胸を張った。

「甘いものは別腹だ。ヒナタもそう言っていた」

カミーユに放置される格好になった三人はしばし呆然としていたが、ふと我に返り、

「か、カラアゲ追加！　それと白米」

「こっちにもカラアゲと白米！　大盛りで！」

「同じものを！」と注文をはじめる。

「はい、かしこまりました！」

その注文を聞きながら、いつまでもこんな日々が続けばいいのに、とリュカは思うのだった。

しあわせの色々なかたち

　霧雨の煙る（けぶる）王都（パリシィア）に、夜の帳が下りる。

　湿っぽい空模様を真似たのでもなかろうが、今宵の客は扉を潜ったときから表情が昏い（くらい）。

　常連の、アナトール・エレボスだ。

　家庭教師をするこの男は、あまりにも何度も女性にフラれることから〈寝取られ男〉などという不名誉な仇名を奉られ（たてまつられ）ている。

　リュカの目から見れば当たり前にモテそうな見た目をしているのに、不思議なものだ。

　今日も今日とて振られたらしく、泣き腫らしながら鴨肉のジブニを肴に、レーシュの酒盃を重ねている。

　ソーヘイの作ったジブニは、絶品だ。

　リュカも味見をさせて貰ったが、鴨の味がしっかりとしていて、実にいい案配である。

　家庭的な味、というのだろうか。

　こういう気取らない料理を作らせると、ショータローはソーヘイに及ばない。

ソーヘイは味を隠すつもりはまるでないから、ショータローの質問になんでも答える。味を変えるときは調味料の量から火加減、手首の返しまで全部教えるほどだ。

客の一人が一度、「味を隠さないんですか？」と尋ねたことがある。

知る限り、王都の料理店ではそうすることが当たり前だし、味を盗んだ盗まれたでアナトールの教えるような法律の出番になることも少なくない。

噂話を何よりも愛する王都の町雀（まちすずめ）にとって、そういう話題は三度の飯より大好物。リュカも幾度となくそういう話を耳にしたことがある。

尋ねられたソーヘイはポカンとした後、頭をバリバリ掻いて、「隠すより、教えた方が何事も早いだろう？　こっちが教わることもあるんだし」と、気にもしていないふうだった。

単におおらかなのだろうか。

それとも、師と弟子という関係ではないのだろうか。

そんなわけで今日のジブニも、ソーヘイとショータローの合作だ。

二人の作ったジブニをもそもそと食べながら鼻を啜るアナトールに、隣の客が声を掛ける。

「ねぇ兄さん、いったい何をメソメソしているのさ」

最近店をよく訪れるようになったスージーとミリアムの二人組だ。

口火を切ったのは、ミリアムだった。

すらりとした茶色髪の美人で、常連の中にも密かに想いを寄せている者がいる。

「ああ、お嬢さん(マドモアゼル)。実は今日、一つの恋が終わってね」

やはり、失恋だった。このところは酷く落ち込んだように見える日もなかったので、いい恋をしているのだろうとリュカは勝手に思っていたのだが。

「恋がねぇ。で、そっちの大荷物は？」

もむもむとカラアゲを食べながら、スージーがカウンターの下の荷物をひょいと覗き込む。

「散った恋の記念、とでもいうのかな……」

大荷物の正体は、キャンバス(トワール)だ。

アナトールが覆っていた布を解いてやると、鮮やかな黄色の薔薇が現れる。

花瓶に生けられた二本の薔薇は活き活きとした筆致で描かれ、香りまで漂ってきそうだ。

「なんだか大層な絵じゃないか」

絵のことはさっぱり分からないという表情で、ミリアムが褒める。

リュカも絵のことはまるで分からないが、立派な絵だ。

貴族の邸宅に飾ってあっても不自然さを覚えることはないだろう。

「マリー＝クロードが……彼女が、画家に依頼してくれた絵なんだ」

へぇと、ミリアムとスージーだけでなく、思わずリュカも声を上げてしまう。

「絵を贈るなんて随分と洒落た趣味の女だねぇ」とスージーが尋ねると、何故か我がことのようにアナトールが誇らしげに胸を張った。

「そうだろう？　それはそれは佳い女なんだ。将来は二人でいい家庭を築けると思ったのに……」

それなのに、とアナトールの表情が途端に翳る。

「どうしてあんな男を選んだんだよぉ！」

おいおいと泣きはじめるアナトールを、すかさずヒナタがまぁまぁと宥めた。

今日は一杯目のオバステマサムネをレーシュで開ける直後から、ずっとこんな調子だ。

「自棄酒なら思う存分、泣いたらいいさ」

泣いた分だけ酒を入れてちょうどいいってね、と苦笑しながらミリアムはキリコに手酌で注いだレーシュを親指と中指で摘まんでクイッと呷る。

サシミを摘まみながら飲むミリアムの横顔は、酸いも甘いも噛み分けた女性の貌だ。

カウンターに、静かな空気が流れた。

三人が三人とも、ただ食べ、飲み、それでいて、何かを考えている。

〈寝取られ男〉などという不名誉な仇名を奉られているが、男のリュカから見ても、アナトールは結婚相手としてそれほど悪い物件だと思わない。

見た目は悪くないし、適度にロマンチックだ。よく振られているが、アナトール・エレボスは恋多き男ではない。

常に一途で、一人の女性に尽くす性質の男だ。

問題は、幸か不幸かいつも振られてしまうということだけ。

腕っぷしのいい男性を好む女性相手には少し厳しいかもしれないが、学のある男性を好む女性も星の数ほどいるに違いない。

いつも失恋していることと、自棄酒を飲むこと以外に、それほど悪いところがあるようには思えなかった。

「ねぇ、兄さん。兄さんはなんで結婚したいんだい？」

ミリアムに不意に尋ねられ、アナトールはきょとんとした顔になった。

ぽかんとしてから、腕を組み、顎に手を当てて考え込む。

「ああ、いや、まぁ、何故、と訊かれると、うーん」

懊悩（おうのう）し、呻吟（しんぎん）し、苦悶するアナトールを横目に、ミリアムはレーシュをもう一杯。

「結婚はさ、一人でするもんじゃないからねぇ」

遠い目をするミリアムの言葉に、ショータローが肉を叩きながらうんうんと頷いた。

ミリアムがどんな人生を歩んできたのか知らないが、きっと昔のことを思い返しているのだろう。愁いを帯びた表情は、これまでの道行が平たんではなかったことを物語っている。

「そうだなぁ……子供が欲しいな」

漸く出たアナトールの答えに、ミリアムはへぇと驚いた声を上げた。

「なんだ、てっきりもっと妙な拘りがあるのかと思った」

家庭観の違い、というものがある。

アナトールの恋が上手くいかないのはそれが原因ではないか、と睨んだらしい。

「いや、そんなことはないよ」とアナトールは頬を掻いた。

「あんまり実家が上手くいってなかったからね。どんな形でも、家庭を持ちたいだけなんだ」

照れくさそうに笑うアナトールに、ふぅんとミリアムが感心する。

そこに、ショータローがそっと皿を出した。

「試作品です。ちょっと味見していただけませんか？」

出された皿には、しっかりと揚げ色のついた仔牛の肉。

「へぇ」とアナトール。

「ちょっと味見させて貰おうかね」とミリアム。

「ちょうど肉が食べたかったんだよ」とスージー。

ナイフで切ると、中からとろぉりとチーズがこぼれ出す。

「お、こいつは」とアナトールが驚くと、ショータローがはにかんだ。

「皆さんの話に合わせたわけではないんですけど」

仔牛とチーズなら、ある意味で家族と言えなくもない。

「これも一つの家族の形ってやつかね」とミリアムがはむり、と仔牛の肉を頬張る。

リュカも隠れてこっそりと味見する。

これは、美味しい。

牛肉を揚げるのは帝国で宴席に供されるシュニッツェルに似ているが、チーズが入っているのはよい工夫だ。

ただチーズを中に入れるといってもそのまま仔牛肉で包んでいるのではなく、ハム（ジャンボン）で一度包んであって、芸が細かい。

ショータローがしっかりと叩いた仔牛肉は揚げ焼きにしてもしっかりと柔らかく、中のチーズの食感も相俟って、ワインの進みそうな味に仕上がっている。

「こいつはいいね！」

ミリアムは早速ワインに切り替え、皿の上の残りに取り掛かった。

「以前お出ししたハムカツがお気に召したようでしたので」

「へぇ、よく見ているもんだねぇ」

感心しながらもミリアムの手が止まらないのは、よほど味を気に入ったからだろう。足りなくなれば追加で頼めばいいのに、ついついナイフとフォークが先走るのは、昔からの悪い癖だ。

「あ、思い出した！」

スージーが頓狂な声を上げたのは、その時だ。

「ど、どうしたんだい、スージー」とミリアム。

「黄色の薔薇だよ、黄色の薔薇」

スージーが指さす先ほどのキャンバスに、皆の視線が集まる。

「マリー＝クロードの絵がどうかしたのかい？」

「絵はどうでもいいんだよ！　いや、立派な絵だとは思うけどね」

ホッピーを一口啜って、スージーが唇を湿す。

「花言葉だよ！」

「花言葉ぁ？」

貴族との付き合いのために流行りの花言葉を勉強しているというスージー。

それによると、流行りに流行った花言葉は、もはや花の種類だけでなく、その色にも意味を籠める様になっているのだという。

「へぇ、あんたそんなこと勉強してたんだねぇ」

感心するミリアムに、スージーはふふんと胸を張った。

「それで、黄色い薔薇というのはどういう意味なんだい？」

アナトールが尋ねると、スージーはちょっとだけ気恥ずかしそうに、しかし、はっきりとした声で答える。

「〈色褪せぬ、永遠の想い〉、だよ」

三人が食事を終えるころには、外の雨はすっかりと上がっていた。

雨上がりの雲間から覗く双月は、雄月(アールス)と雌月(フェメリア)が、ぴったりと寄り添っている。

「色々な、家族の形、か」

月明かりは、三人も、見送るリュカも、等しく照らしていた。

アンの悩み

じうじうと肉を焼く音が店内に響き、芳しい香りが漂いはじめる。

どうしてこうも胸が高鳴るのだろうか。

昂揚を、抑えきれない。

紅潮した頬を見れば、人は恋する乙女のそれと見紛うのではないか。

早く食べたい。調理の様子が見たい。

アン・ド・クルスタンは背伸びしてカウンターの中、料理人の手元を伺おうとする自らの欲求に抗うのに、大変な忍耐力を要していた。

居酒屋ゲンの今日の日替わり定食は、ショウガヤキ定食というそうだ。

豚肉（ポール）と、生姜（ジャンジャンブル）。

野卑（やひ）と刺激との婚姻（マリアージュ）はともすれば味付けとして強くなり過ぎると思われがちだ。

しかし、その相性は。

「生姜焼き定食、お待たせしました！」

ヒナタが運んでくるショウガヤキ定食は、アンの想像以上に薫り高かった。

白米（リ）とスープ、そして主役の豚肉のショウガヤキ。

付け合わせには馬鈴薯（ポムドゥテール）のサラダ（サラドゥ）が三種類、しっかりと脇を固めている。

「これは素敵なお昼ごはんですね！」

思わず口を衝いて出てしまった言葉に、調理場のショータローが照れ臭そうに頭を掻いた。

食前の祈りもそこそこに、アンはショウガヤキにフォークを伸ばす。

美味しい！

生姜味の利いたソースが、豚肉と舌の上で絶妙の調和（アルモニー）を奏ではじめた。

そこへすかさず、白米。

少し濃い目のショウガヤキの味を白米が柔らかく受け止め、口を幸せへと導いていく。

豚肉（ポール）と白米（リ）。

白米（リ）と豚肉（ポール）。

幸せの連鎖に、アンの顔には自然と笑みが浮かんだ。

噛み締めるたびに肉の旨味が溢れ出て、白米の甘さを引き立てる。

豚肉と白米を同時に口に含むなど、宮廷でなら下品だと嗤われてしまうに違いない。

しかし、アンはもう知ってしまった。

幸せの一つの形は間違いなく、今ここにあるのだ。

三種類のポテトサラダも、実にいい。

馬鈴薯をほとんどマッシュ（ピュレ）にしてキュウリ（コンコンブル）を加えたもの。

賽の目切り（ブリュノワーズ）にしてゆでたまごと細かな林檎（ポム）を加えたもの。

そして、ごろごろと大きく切り（マセドワーヌ）、ベーコンを加えて黒胡椒で味を調えたもの。

キュウリのサラダは滑らかな舌触りにサクサクとしたキュウリの歯触りが嬉しい。

賽の目のモノはゆでたまごのまろやかさとぽってりした馬鈴薯の味に林檎の酸味が利いている。

ゴロゴロしたポテトサラダはサラダらしからぬ、しっかりとした味の強さに目を瞠（みは）る。

どの味も飽きがこず、豚肉と白米の競演をしっかりと支えている。

サラダ単体で食べても美味しいが、ポテトと豚肉の組み合わせも実にいい。

豚肉と白米。

白米と豚肉。

この音楽に、
豚肉とポテトサラダ。

白米と豚肉とポテトサラダ。

という新たな旋律が加わる。

「いい食べっぷりですね」

ショータローに言われて、アンは、ええ、と微笑んだ。

「豚肉と生姜の組み合わせが素敵な料理ですね。組み合わせは『修道女カトリーヌの薬草図譜』で読んだことがありましたけれど、こんなに美味しいなんて」

料理のこととなると、ついつい早口になってしまう。

『修道女カトリーヌの薬草図譜』はいい本だが、あれには豚肉の臭み消しとしてしか生姜の効用は書かれていなかった。これほどまでに味の相乗効果があるのなら、宮廷の料理に出すことができるのではないか。いや、恐らく誰かは既に気が付いているはずだ。田舎料理の中には、豚肉と生姜の組み合わせがあるかもしれない。田舎料理は資料では探しにくいから、出入りの食肉屋などを通じてそういった例がないか聞いてみないといけないだろう。そもそもお爺様ならもう知っているのではないか、とも思ったが、何でも祖父に尋ねるのはよくない。自分自身の手で調べ学ぶ方法を身に付ける必要がある。豚肉と生姜の組み合わせだけでなく、肉と香草の他の組み合わせについて調べることも忘れないようにしなければならない。

そこまで考えたところで、アンは自分が今考えていることを全て口に出してしまっていることに気が付いた。

呆然とアンの方を見つめるショータローとヒナタ、ソーヘイの顔を見て、羞恥心に思わず頬が熱くなる。

恥ずかしい。

「あ、いえ、これは、その……」

両掌を振って否定したりパタパタと顔を煽いで顔の火照りを誤魔化したりするアンに、ヒナタがすごい、と賛嘆の声を上げた。

「アンさんって、料理のことすっごく勉強しているんですね！」

「い、いえっ、そんな！」

マドモアゼルさん付けで呼ばれて、慌てて否定する。

周囲の大人たちは褒めてくれることがあるが、アン自身は現状に満足していない。

偉大な祖父や内膳寮に奉職する貴族の人々の背中を毎日見ていると、自分が大きくなるまでに、どれだけ多くのことを学び、修め、食べなければならないのか分かる。

遼遠な道程に、眩暈がしそうになる。

アン・ド・クルスタンには、人には言えない悩みがあった。

自分は将来、内膳寮の一員として王室に仕えることになるのだろうか。

アン自身は、仕えたいと思っている。それも、強く。

かつてアンは、祖父の付き添いで当時の王女摂政宮セレスティーヌ・ド・オイリア殿下の給仕を手伝ったことがある。

王室が親しい貴族を招いての、内々の昼餐会だ。

真新しい純白のテーブルクロスが敷かれた長テーブルに三国の珍味が集められた会食は、アンにとって夢のような光景だった。

祖父は、幼いアンに内膳寮の仕事を見せたいと考えていたのだろう。

大人のように給仕をする幼子に、周りの貴族たちは物珍しげに、不思議なものを見るような視線を向けた。

今にして思えば、多くの人にはアンの存在が宴の余興と映ったに違いない。

〈幼王〉ユーグ陛下と歳の近いアンを宴に出すことに意味があると感じた人もいたのだろう。

幼子が慣れない仕草で給仕をすれば雰囲気も和むし、失敗してもそれを話の種にできる。

アンは給仕を全て真面目にこなした。そうあるように教育されていたし、そうあることが自分のためになると信じていたからだ。

アンが失敗したのは、その時だった。

フィンガーボウル（ファリュシオン）の水をこぼしてしまったのだ。

アンは、目の前が真っ暗になるのを感じた。

祖父の顔に泥を塗ってしまった、という後悔に、後頭部と肚（はら）の底がキュッと痛む。

だが、ここで狼狽えてはさらに醜態を晒すだけだ。

すぐに気を取り直した風を装い、摂政宮殿下に詫びてから零れた水を拭いた。

周囲の貴族たちから向けられた、嘲笑の臭いの混じった生温かい視線を、アンは今でもありありと思い出すことができる。

けれども。

〈幼王〉ユーグ・ド・オイリアと、王女摂政宮セレスティーヌ・ド・オイリアは、違った。

叱りもせず、嗤いもせず。

ただ「ご苦労」というユーグの言葉に、セレスティーヌの頷きに、アンは百万の言葉よりも勇気づけられたのだ。

それは特別に給仕を手伝うように言われた子供に向けられる言葉ではない。

大人の、覚悟を持って給仕を務める内膳寮の人間に向けられるべき言葉だ。

この宴席で〈幼王〉ユーグとセレスティーヌ、そして祖父だけが、アンを、子供ではなく、給仕として見ていてくれた。

お陰で、アンはその日の宴を最後まで給仕することができたのだ。

そのことが、アンの将来の夢を決めた。

大人になって内膳寮の、一員となる。

クルスタンの家に生まれたからではない。王室の食を一手に引き受ける内膳寮の仕事に、誇りを見出したからだ。

道は定まった。後は、ただただ努力を積み重ねるだけのこと。女性では内膳寮に奉職できないのではないかと詰まらないことを言ってくる人間もいるが、無視すればよい。

たとえ本当に女性にとって狭き門であったとしても、努力をしない理由にはならないからだ。重要なことはたった一つ。道は、閉ざされていない。

しかし。アンにはもう一つの悩みがあった。

ぱくり。

美味しかったショウガヤキも、最後の一口。

食べ終えて、アンが礼を言おうとしたその時、店の引き戸が勢いよく開け放たれた。

「遅くなりました！」

射られた矢の如くに飛び込んできたのは、アンとさほど年格好の変わらない、少年。

この店の店員だろう。

まだ子供と言ってもよい年の頃だというのに、こうやって働いているというのは感心だ。

とは言え王都(パリシィア)では珍しいことではない。

幼子が自分の弟妹ではない子供を負ぶい、子守賃を稼ぐ。そうして日々の生計(たつき)を立てている者も稀ではないのが、この城市(まち)の現実だ。

よくあることと片付けてもいいはずの、少年店員。

だが、アン・ド・クルスタンの視線は、まるで吸い込まれたかのように少年に釘付けになってしまった。

「お、兄(にい)さま……？」

　呟くように尋ねる声音に、少年は射貫かれたように立ち止まる。

「あ、ア……い、いや！　人違いです！」

　慌てて少年は両手で前髪をくしゃくしゃと掻き乱してみせるが、そんなことで誤魔化されるアンではない。

「お兄さま！　お兄さまですね！　私です、アンです！」

「ち、違う！　違うよ、じゃない！　違います！　僕は、リュック・ド・クルスタンなんかじゃない！」

　語るに落ちるとはこのことだ。

〈多彩な言い訳よりも、ただの沈黙がよい〉とはどこの俚諺（ことわざ）だったか。

「やはりお兄さまですね！」

　口元に右腕を当て、うぐ、とリュックが押し黙る。

「お兄さま、こちらへ座って下さい」

　カウンターの隣の席をぽんぽんと叩くと、兄はうなだれたまま、観念したように大人しくそこへ腰を下ろした。先ほどとは打って変わって、濡れた仔犬のようにしおらしい。

「えっと、リュカ君、こちらは……？」

　おっかなびっくりといった様子で、ヒナタが尋ねる。

　躊躇（ためら）う兄の代わりに、アンは口を開いた。

「お兄さま、リュック・ド・クルスタンは、私の異母兄に当たります」

「異母兄ってことは、母親の違う兄ってことか」

顎を撫でながら確かめるようにソーヘイが呟く。

「はい。そして、内膳司筆頭であった、ピエール・ド・クルスタンの孫でもあります」


兄、リュック・ド・クルスタンは、アンと母親が異なる。

あの人が、貴族ではない女性に産ませた子供だ。

リュックの母という女性に、アンは会ったことがない。王都のどこかにある食堂兼宿屋の娘だという話だ。

アンもリュックも今より幼かった頃には同じように祖父の屋敷で育てられていた。

それがいつの間にかリュックは屋敷から姿を消してしまったのだ。

俯く兄に、アンは問いかける。

「お兄さま、今までどちらにいらっしゃったのですか？」

「ここで、働かせてもらっていた」

こんなところで、という言葉を、アンはすんでのところで飲み込んだ。

他のところで働くくらいなら、この店の方がいい。

居酒屋ゲンは素敵なお店だ。

「りゅ、リュカ君はとっても役に立ってくれてるんだよ！」

助け舟のつもりか、ヒナタが慌てて口を挟んできた。

「お皿も割らないし、料理の知識は凄いし、味付けも工夫もアイデア豊富だし、センスもいいし、お皿も割らないし……」

アンには、兄がここで働いていることを咎め立てるつもりは毛頭ない。

ただ、その能力を活かし、育める場であればよいと思うだけだ。

「アンさん、リュカ君のアイデアと気遣いは本当に凄いんですよ」

ショータロー の視線の先には、アンが食べ終えたショウガヤキの皿がある。

「ポテトサラダ三種類の盛り付けの量は、マッシュの分が多く、林檎入りが中くらい、ベーコンの入ったジャーマン風が少なめなんだけど、このバランスもリュカ君のアイデアなんだ」

なるほど、と合点がいった。

ポテトサラダの味付けに合わせて、盛り合わせの量を変える。

同じ量を盛り合わせれば、味の濃いものに飽きが来てしまうかもしれない。

それに、今日のポテトサラダはあくまでも引き立て役だ。

ショウガヤキとの組み合わせに最適な量を、リュカが考えたということなのだろう。

「そうなのですか、お兄さま」

リュックが、小さく頷く。アンも、小さく頷きを返した。

やはり、兄だ。

アン・ド・クルスタンのもう一つの悩み。

アンが内膳寮の職員になる上で最も大きな障壁である、〝ピエール・ド・クルスタンの才を最も色濃く受け継いだ兄〟というだけのことはある。

「……お爺様が、心配していました」

「……知ってる」

やはりそうか。薄々そうではないかと思っていた。

内膳寮の書庫に、誰か外部の人間が入っている気配は以前から感じていたのだ。

祖父と親しい職員が、リュックを手引きしたのだろう。

ピエールが心配していることも、リュックに伝えていたに違いない。

「では、どうして！」

思わず感情が表に出てしまう。

食事の度に、リュックの座るべき場所に視線を彷徨わせる祖父の哀し気な視線。

どうして、無事であるとだけでも伝えないのか。

「それは、私が答えた方がいいのかな？」

引き戸を開けて入ってきたのは、あの人だった。

卵から生まれたもの

ふらり、と這入ってきたのは、セドリックだった。
セドリック・ド・クルスタン。
東王国前筆頭内膳司、ピエール・ド・クルスタンの嫡男にして、アンの父親であり、リュックの父親でもある男。

整った顔立ちは、クルスタンの血をしっかりと引いていることを主張している。で、あるにもかかわらず、とアンは眉を顰めた。

アンの目から見るとセドリックはいつも通りに中途半端だ。
庶民の恰好をしているつもりなのだろうが、こんな恰好で大通りを歩いたら、百人が百人まで、庶民だとは思わないだろう。

一事が万事、この調子だ。
貴族としては洗練されておらず、かといって庶民の服装にも成り切れていない。祖父とは、あらゆる点で真逆だ。
そのセドリックが、睨め付けるようにして店内を見回す。

「最近、金の無心がないと不思議に思っていたが……なるほど、労働に勤しんでいたとは」

セドリックの目には、見下し、憐れむような色が宿っていた。

視線の先でリュカは、両の拳を固く握りしめ、俯いている。

力を込めた爪が掌に食い込み、そこだけ白くなるほどに。

「どういう意味ですか」

アンの問いかけに、セドリックはおどけたように肩を竦めてみせる。

「おいおい、そんな風に怒らないでくれよ。愛しの娘よ」

芝居がかった所作にも、どことなく品がない。

アンはその呼びかけに答えず、ふいと関係ない方へ視線を遣った。

自分の愛する祖父から、このようなニンゲンが生まれたということが、信じられない。

「しかしリュカ、偉いじゃないか。自分で食い扶持を稼ぐなんて」

「食い扶持？」

その言葉に、アンは引っかかりを覚えた。

「ん？　アン、それを知ってここへ来たんじゃないのか？　てっきり……」

この言い草だと、まるでセドリックがリュカの居場所を知っており、彼にあてがい扶持を払っているかのようではないか。

セドリックも祖父が兄リュックを心配し、探していることは知っている。

それなのに。

「月々の御手当ての話を僕が喋ったわけじゃないよ」とリュカ。

「……リュカ、くん？」

リュカの剣幕に、ヒナタがたじろぐ。

静かな、しかし、深い怒りにリュカの瞳は燃えていた。

「お爺様に、お母さんと僕の消息を伝えないっていう約束もね」

その言葉に、アンは息を呑んだ。思わず、両手を口にやる。

これまで自分のできる範囲で兄を探してきた。

祖父はとても心配していたし、目の前にいるこのセドリックも、口には出さないだけで気持ちは同じだと思っていたのに。

家族の食卓でセドリックがリュカの話題を避けるのは、アンの母への気遣いや、祖父に心労をかけないための配慮ではなかったのか。

失望という言葉では生ぬるい感情が、アンの肚の底から這い上がってくる。

「見損ないました！」

見下げ果てたというべきだっただろうか。

それとも、もっと品のない言葉で罵ってもよかったかもしれない。

祖父からも母からも愛らしいと褒められる眉を吊り上げて、アンは目を怒らせた。

「貴方はそれでもクルスタン家の男児ですか！」

「おいおい、それを娘に言われるとはさすがにオレも立つ瀬がないぞ」

肩を竦めるセドリックの調子はあくまでも芝居がかっている。

しかし、その口角は怒りに痙攣（けいれん）していた。

「ええ？　それにしても、なんという態度だ、リュカ」

ずいとリュカに近づき、上から顔を覗き込む。

「これまで少なくない養育費を払ったというのに」

じりじりと顔を近づけるセドリックから、リュカは嫌悪感を顕わに顔を背けるが、一歩も退こうとはしない。

「まぁるで、オレが全て悪いような言い草じゃないか」

バッ。

その時、何か白い粉のようなものがセドリックに撒かれるのを、アンは見た。

ソーヘイだ。黙って聞いていたソーヘイが、セドリックに塩を撒いたのだった。

「……リュカはうちの従業員、つまり家族だ。家族を馬鹿にする奴は、お客でもなんでもない。帰ってくれ」

表情は普段と変わらないように見える。

けれども、その声音は、アンでさえ震え上がるほどに、低く、冷たい。

何故ソーヘイが塩を撒いたのかアンには分からないが、さしものセドリックもこれにはただならぬ空気を感じたようで、襟を正した。

「出ていくのは一向に構わないが、禍根を残すのは本意ではないな」

向き直ったセドリックには、さすがの貫禄がある。

腐っても、という言い方はよくないが、元内膳司筆頭の息子だけのことある。

「リュカ。お前に課題を出す」

「……課題？」

尊大な態度のセドリックに警戒しながら、リュックが聞き返した。

「そう、課題だ」

ふん、とセドリックが鼻を鳴らす。

聞くところによれば内膳司の図書館に入り浸っているそうじゃないか、と薄く笑った。

「血は争えん、ということだな。こんな居酒屋で働くとは」

カウンターを長い人差し指でコンコンと敲くと、セドリックは宣言する。

「玉子料理だ。私を満足させる玉子料理を供してみせたまえ」

◇

いつもそうだ。

娘の侮蔑したような視線を受け流すこともできず、セドリックは自嘲した。

自分は何者にも成れない。

その想いに、子供の頃からずっと呪縛され続けている。

父ピエールは偉大だ。セドリックにとって、偉大過ぎた。

質実剛健にして風流を愛し、茶目っ気もあり、洒落が分かる。

〈英雄王（ル・エロ）〉の年の離れた友にして、師。

あまりに大き過ぎる父の役割を継ぐには、セドリックは凡庸であり過ぎた。

料理は、好きだ。宴の饗応は、天職だと思う。

味覚にも、それなりの自信があった。

ただ、父に何一つとして及ばないだけなのだ。

もしもセドリックがただのセドリックであったなら、と夢想する。

クルスタンの家名さえ背負っていなければ、内膳司の一員になれたはずだ。

きっと、いや、それだけの実力は絶対にある。

しかし、セドリックはピエール・ド・クルスタンの息子だ。

名門クルスタン家の嫡男であり、その血を次代に繋ぐという崇高な役目がある。

「自分で料理する必要はないぞ、リュック。クルスタンの人間の役割は、饗応だ。料理は誰か他の人間にやってもらえばいい」

息子の顔を見る。

リュックが生まれた時、喜びと共に浮かんだのは、言い知れない二つの感情だった。

今にして思えば、そのどす黒い二つの渦のような何かが、〈嫉妬〉と〈羞恥〉と呼ばれる怪物だったのだ、と理解することができる。

リュックは、父に似ていた。

父ピエールの幼い頃の肖像画に、そっくりだ。

それなのに。

嗚呼、それなのにどうして、リュックは、貴族の娘から生まれてくれなかったのだろう。

「ソーヘイさん、ショータローさん、手を貸してください」

「ああ」

「任せて。何をすればいい？」

課題が玉子料理だということが、セドリックの口から聞く前に何故かリュカには分かっていた。

きっと、玉子だ。

いや、玉子に違いない。

直観とでもいうのだろうか。

昔から、料理に関してはこういう勘働きに助けられることが何度かあった。

祖父にもこういうことがあったと、聞かされたことがある。

セドリックについては、知らない。

知りたいとも思ったことがない。

リュカの母は、旅籠(はたご)屋の娘だ。

王都(パリシィア)の一角で両親のやっている宿を手伝って暮らしていた。

小さいが温かい店で、遍歴商人や巡礼、学僧や金のない旅の職人を相手に酒と料理と一晩の宿を提供してなかなかの好評を博している。

特に、料理がいい。母方の祖父母の作ってくれた料理は、リュカという一個の人間の基礎になっている。

素朴で、ともすれば簡素にすぎるきらいがあるが、下拵えの手を抜かないちゃんとした料理だ。母もそれを、受け継いでいる。

その母が店に立てないのは、セドリックのせいだった。

「養育費は恥ずかしくないだけ払う。但し、祖父に居場所を知られないことが条件だ」

元から身体の弱かった母はそれ以来、ずっと寝たり起きたりの生活をしている。

捨てられたというのに、母は恨み言の一つも漏らさない。

ただリュカに、「勉強しなさい」というだけだ。一人でも生きていけるように。

そのことがリュカには、とても悲しい。そのことがリュカには、とても辛い。

父と母がどうだったら自分にとって一番よかったのか。

一時期一緒に暮らしていただけに、アンのことは好きだ。

アンのことを考えれば、全てなかったことにしたいとは思わない。

父と母が出会わず、自分自身がそもそも存在しなければ、と思うこともあった。

でも、美味しいものを食べるたびに、誰かが美味しいものを食べて喜ぶ顔を見るたびに、生まれてよかったと心の底から思ってしまう。

時間が空くといつもそのことを考えてしまう。だからリュカは勉強した。内膳司の知人に頼んで書庫も使わせてもらっている。

学べば学ぶほど、料理は面白い。

学べば学ぶほど、生きるということは面白い。

作る料理は、決まっていた。

母の得意料理。

父と母を巡り合わせた料理。

今の自分の抱える全ての悩みの原因にして、全ての喜びの根源の味だ。

下茹でしたほうれん草（エピナール）をバターで炒めてもらう。

ここで手を抜く人が多いので、王都にはほうれん草が苦手な人が多いのは残念なことだ。

バターを塗った耐熱皿にほうれん草を敷き、卵を割り入れる。

卵は、リュックが割った。

少しでも料理に関わりたい。今はまだ、これくらいしかできないけれども。

「チーズを削って上にふんわりとかけると、後はオーブンに。

「とても簡単な料理だけど、これでよかったの？」

「はい。この料理が、いいんです」

尋ねるショータローに、リュカは自信をもって答える。

完璧な父の息子である自分は、完璧でなければならない。

でなければ自分は家名を恥ずかしくて継ぐことができないし、きっと父にも愛されない。

どうしてリュックは、宿の娘から生まれてしまったのだろう。

利発な息子と、優しい妻。

正しい家庭を築くことができれば、自分も、自分にも世界はもっと異なって見えたはずだ。

それなのに。

セドリックは調理を差配するリュックを見る。

背格好は違うのに、どうしてもリュックの姿に父ピエールを重ねてしまう。

どうして、どうして。

「できました！」

リュックの言葉に、セドリックの意識が引き戻される。

やわらかな香りには憶えがあった。

いや、忘れられるはずがない。

「……どういうつもりだ？」

「ご注文の、玉子料理です」

シルヴェーヌ。

ほうれん草のココットの香りを嗅ぐだけで、脳裏に彼女の顔がはっきりと思い浮かぶ。

料理の味がいいという噂に惹かれて訪ねた宿で、一目惚れしたのだ。

彼女にも、料理にも。

目の前に運ばれてきた皿を見ると、玉子の黄色にほうれん草の緑がよく映えている。

そう、こういう細やかなことにも気を遣う女性だった。

塩を一つまみだけ加えて下茹でをすることで、ほうれん草は味がぐっとよくなり、緑も活き活きとしてくる。

木匙で掬い、口へ運んだ。

とろり。

そうだ、この味だ。

やわらかく、優しい。

彼女と過ごした日々、セドリックには恐れるものが何もなかった。

二人でならどんなことでも乗り超えられると信じていたのだ。

いっそ、クルスタンの家名を捨て、宿をやってもいいとさえ思っていた。

ああ、それがどうして。

リュックが生まれた時、あれほど嬉しかったというのに。

一掬い、一掬い。

様々な思いが去来する。

これだけ素朴な料理に、いや、これだけ素朴な料理だからこそ、心を動かされることもあるのか。

食べ終えた空の耐熱皿を見て、セドリックは思わず微笑んでいた。

「リュック、実にいいできだが、シルヴェーヌのココットに一つだけ味を加えたな?」

指摘されたリュックが息を呑むのが分かる。

「おいおい、これでもピエール・ド・クルスタンの息子だぞ。ショーユだろう?」

「……そうです」

素直に感心する息子の顔に、セドリックは自嘲の笑みを口元だけに浮かべた。

この程度のこと、内膳司なら自慢にもならない。

「お爺様は、もう少し努力して欲しいと零していましたよ」

隣でココットを食べていたアンが、鋭く指摘する。

だが。

「努力。そうだな。完璧でない人間でも、努力で上を目指すことはできる」

何か憑き物でも落ちたような気分で、セドリックは金貨を置いた。

ココット一つへの支払いとしては過分だ。

しかし、今日得られたものへの支払いとしては、あまりにも過少だった。

「リュック、アン、またな」


後日、居酒屋ゲンを訪れたセドリックは、これまでと違い、しっかりした貴族の身なりを整え、晴れやかな表情を浮かべていた。

「リュック、シルヴェーヌにもまた会って色々と話をすることにした。医師も手配する」

「それを聞いて、安心しました」

リュカとしては、思うところがある。

それでも、二人のことは二人で決めるべきだ。

「ところでリュック、お前もド・クルスタンを名乗らないか？」

セドリックの提案に、リュカは一瞬驚いたが、すぐに笑顔になる。

「いいえ、僕は、リュカです」

はっきりと言い切られたことに、寂しげに笑うセドリック。

これから内膳寮で仕事をまた学び直すのだという。
ピエールの息子としてではなく、一人のセドリックとして。
卵を孵すのは、難しい。
だが、孵らないだろうと温めなければ、絶対に孵ることはない。
セドリックは遅まきながら、卵を温めはじめたのだろう。
内膳寮の人間として。そして、父親として。

【閑話】王都の味

「ねぇ、リュカ君。王都(パリシィア)の味って、どんな味だろ？」

ふと思いついたことを、ひなたはリュカに尋ねる。

冬のはじめの昼下がり。最後の客が帰ったばかりのげんには、草平と正太郎が夜の仕込みをする音だけが響いている。

今日は煮込みハンバーグを出す予定だから、いつもよりも手間をかけての仕込みだ。

「王都の味、ですか」

テーブルを拭く手を止め、リュカが少し考え込む。

ちょっとした話題のつもりだったが、思いのほか真面目に考えさせてしまったらしい。

リュカの出自も関係しているのだろう。

以前からうすうす、どこかいいところの子供ではないかとひなたは思っていた。

この年頃の子供にしては、料理の知識があまりにも豊富過ぎるからだ。

生活科学部という昔で言うところの家政科出身を卒業したひなたの目から見ても、その知識の質と量は驚くべきものだ。

内膳司、という職務を担ってきた家柄の出なのだという。

東王国（オイリア）の王室、その食事の一切に責任を負う内膳寮の頂点に立つ人々。

リュカの祖父は、その内膳司の中でも筆頭に挙げられる人物だったというから、驚きだ。

日本で言えば宮内庁大膳課に当たるのだろうか。

げんの入り口が繋がってしまった東王国は今でも王政だから、現代日本の宮内庁よりも社会的な責任は重いのかもしれない。

リュカの妹であるアンの話によると、内膳司に名を連ねるには家柄だけではだめなのだという。

実力、知識、人望、王室からの信頼、それに血筋。

これらを兼ね備えてはじめて、内膳司の位に就けるのだそうだ。

「ひな、あんまり難しいことを聞いたら、リュカが困るだろう」

鍋の具合を見ながら、草平が嗜める。

「難しいかな」

「そりゃ難しいだろう。ひなだって、〝江戸の味〟って何か、なんて聞かれて、すぐ答えられるもんでもないだろう？」

むぅ、それはそうだけど、とひなたは口を尖らせた。

「いえ、とてもいい質問だな、って」

　二人のやり取りを見ていたリュカが苦笑する。

「これまで、王都の味、っていう意味で考えたことはありませんでした」

　リュカがときどき遅刻寸前に出勤するのは、早朝だけ内膳寮の書庫を使わせて貰っているからなのだという。

「書庫には王室にこれまでお出しした料理の詳細や、王国各地の料理や周辺諸国の料理、食材と、調理方法が記録された書帙が山のように収められているんです」

　製本されたもの、羊皮紙を四つ切りにした四つ切り本、八つ切りにした八つ切り本や、巻物も収められているという書庫は、本来なら関係者以外立ち入り禁止だ。

「時代によって王室の方々の味の好みも変わりますし、嫁いでいらしたお姫様の郷里の味を大胆に取り入れることもありますから」

「これが王都の味、という味はないってことか……」

　元々は諸侯の一つでしかなかった現在の王室の先祖が、婚姻を繰り返し、東王国の領域を一つの国家の形にまとめたというから、その婚姻政策の相手は多岐に渡ったという。

　考えてみれば普段ひなたの食べている和食も、様々な歴史を経て今の形に落ち着いたものだ。

　いや、日本食という意味では現在進行形で変わり続けているといってもいい。

　ラーメン、天津飯、ナポリタンにあんぱん。

変化する料理の先の先に、今のひなたたちは立っているのだ。

「歴史だなぁ」

奈々海がいたら喜びそうな話題だ。

そういえば、醤油を出すという店の話もあるから、一度呼んで意見を聞いてみよう。

「今の王室の好みの味というと、ソースや出汁(フォン)を多用する凝った味のものが多いですね」

凝った味か。言われてみれば、ひなたにも思い当たる節があった。

店に来てくれた美食家という貴族の人も、カレーうどんのように複雑な味のものを絶賛していた記憶がある。

揚げ物や濃い味のものが好きな客が多いというのも、事実だ。

ということは王都の味は、濃い味ということなのだろうか。

「王都の味といえば、それだけじゃないんじゃない？」

正太郎が肉を捏ねながら話題に入ってきた。若くて力があるから、ただ肉を捏ねているだけでも迫力がある。

「王家や貴族の人じゃない、ごく普通の庶民の料理もあるわけだし」

「それもそっか」

庶民。ごく普通の人。

身分制がない現代日本に住んでいると気にならないが、王都には貴族も僧侶も庶民もいるのだ。

「庶民の料理も含めると、もっと凄いことになりますよ」

　リュカが腕を組んで考え込む。

「王都には東王国中から人が集まりますからね。他の国から来ている人も少なくないですし」

「この王都ってどれくらいの人が住んでいるの？」とひなたが尋ねると、リュカが指を三本立てた。

「ざっと、三十万人と言われています」

「三十万！」

　予想外の多さにひなたと正太郎は思わず声を上げる。

「……新宿区が確かそれくらいだったか」

　草平の呟きに、事情の分からないリュカが首を傾げた。

　それにしても新宿と同じくらいの人口が住んでいるとは。

　王都を端から端まで歩いたことはないが、確かにげんの周辺だけでもかなりの人数が住んでいるのはよく分かる。

「王立大学の学生さんや出入りの激しい商会の人たちはこの三十万の人口に入っていないから、実際にはもっとたくさん住んでいるとも言いますよ」

「大学まであるんだ……」

「ここからすぐ近くですね」とリュカ。

居酒屋げんは織物職人の通りに位置しているが、その隣は学生街になっているらしい。

「ああ、道理で」

どうして若い人たちが昼間からぞろぞろ歩いているのか、店の前を掃除しながらずっと気になっていたのだ。言われてみれば、学生特有の雰囲気がないわけではない。

なるほどなぁと顎を撫でながら、草平が何か考え込んでいる。昼定食のご飯の量を大盛りにした方がいいかもしれないとか、そういうことを思案しているに違いない。

「庶民向けの料理は薄味の料理が多い気がするね」

近くの店の料理を食べ歩いて研究している正太郎の言葉に、リュカが同意する。

「この辺りの庶民向けの店は庶民の家庭の味を再現しているところが多いみたいですね」

素材の味を活かしたというよりは、手数を少なく、とにかく腹いっぱい食べたい人向けの料理が多いのだという。

それでも、料理人の出身が違えば、店に集う人々の味覚も、使う材料も違ってくる。単純な煮込み料理でも、材料や煮込む肉の部位、香草の種類で味は千差万別だ。

正太郎によると、客層によっても味が違うらしい。

肉体労働する客の多い店では料理に塩が利いていて、僧の多い店は特に味が薄いのだとか。僧は肉や魚を食べられない小斎日があるから、野菜の料理も豊富だ。

その一方で、パンには驚くほど厳しい基準が設けられていたりする。

なんといっても、パンの検査官なんていう仕事があるくらいなのだから筋金入りだ。

知れば知るほどに、面白い。

「しかしそうなると、これが王都の味というのは、なかなか難しいですね」

申し訳なさそうに呟くリュカの言葉に、草平がふむ、と鼻を鳴らす。

「そんなこともないんじゃないかね」

「と、言うと？」

「つまり、千差万別の人間が、それぞれに美味いと思うものを作って、それを食べる。当然、引き継がれる味もあれば、新しく入ってくる味もあるっていうことだろう？」

はい、とリュカが頷く。

「なら簡単な話だ」

手塩皿に煮込みハンバーグ用のデミグラスソースを注ぎ、草平はリュカに手渡した。

「居酒屋げんも王都に店を構えて、王都の人間に食事を出している。その時点で、このげんの味も立派な王都の味という大きな川の流れの中にいるっていうことだ」

すとん、とひなたの腑に落ちる。

王都の味がどうのこうのと悩む必要は、なかったのだ。

「とても大きな街だからね、この王都は。この店の味も王都の味として認めてくれるくらい、懐が広いと思うよ」と正太郎が微笑む。

確かに、それはそうだ。

裏口が現代日本に繋がっている居酒屋げん。

普通に考えれば他の店よりも圧倒的に有利だと思いがちだが、このげんができたからと言って、王都の他の店が潰れたとか、そういう話は聞いたことがない。

カレーうどんが流行った時も、流行は一過性のものだった。

なるほど、とリュカが何度も頷いている。

ひなたは、急に自分が恥ずかしくなった。

何故、王都の味なんてことを考えてしまったのか。

漠然と、王都の味に合わせないといけない、と思っていなかったか。

それこそが、思い上がりだった、ということだ。

本気で料理について考え、本気で営業する。

そういう在り方が、唯一、王都に対して失礼ではない向き合い方ではないだろうか。

「お父さん、ちょっと、パン焼いてくる」

「ああ、ハンバーグと一緒にはパンがいいからな。頼もうと思っていたところだ」

どんなパンを焼こうか。

ハンバーグの味を殺さず、最大限に引き立てるパン。

パンの構想が、次から次に頭に浮かんでくる。

パンを焼くなら、全力で。

王都の味に、失礼のないように。
今日焼くパンは、きっと美味しくなる。
そんな確信が、ひなたには、あった。

伏見稲荷の縁

テレビの画面におびただしい数の鳥居が映し出される。

京都の伏見（ふしみ）稲荷（いなり）大社（たいしゃ）。観光名所として知られる千本鳥居の回廊を見つめて、ひなたは眉間に皺を寄せた。

居酒屋げんの営業終了後、後片付けの手伝いを終えたひなたは二階の和室でテレビを見ている。放映されているのはごく普通の旅番組。数年前まで人気の絶頂にあった女優とお笑い界の中堅の座を十数年守り続けている二人があちこちを旅するという内容だ。

いつもなら気にも留めないこの番組だが、今日は何故か目が離せない。おかしい。この光景に、見覚えがある。

「なに考えこんでんの、お姉ちゃん」

煎餅を齧りながら尋ねる奈々海に、ひなたはあぐらをかいたまま器用に向き直る。

「ね、奈々海。前世って信じる？」

「何を突然、藪から棒に」

いつになく真面目な表情の姉ひなたを、奈々海は不審げに見つめた。

「実はね、私、伏見稲荷の千本鳥居、行ったことある気がするのよね……」

腕を組み、ひなたはむむむと唸る。

居酒屋げんを営む葦村家は東京在住。大阪へは家族で旅行に行ったことがあるのだが、伏見稲荷のある京都へ行ったことがあったろうか。

「あるぞ、行ったこと」

「え？」

階段をぬっと上がってきたのは、父の草平だ。

「嘘、私は行ったことないと思う」

「奈々海は行ったことないな。月子さんと大阪にいたから」

話を聞けばなんのことはない。前世の記憶でも千里眼でもなく、単に幼い頃のひなたが実際に伏見稲荷に詣でたことがあるというだけのことだった。

「月子さんの仕事のついでに関西に行って、俺とひなたの二人で京都に行ったんだよ」

まだ幼い奈々海を連れて母の月子が大阪で商談と挨拶回り、物件探しと忙しく飛び回っている間、草平がひなたを連れて京都観光に行ったのだという。

「え、私だけズルくない？」

草平と奈々海がひなたの頭の先からつま先までをじっくりと見つめる。

「奈々海はまだ小さかったし……」

「……お姉ちゃん、商談の時にじっとしてるとか無理でしょ？」

「う……」

そう言われてしまうと、ひなたには返す言葉もなかった。

要するに、「うるさくて仕事の邪魔だから京都観光にでも行ってきて」ということだったらしい。

今でさえ苦痛なのに、小学生のひなたに仕事の付き添いなど、拷問以外の何物でもない。

「金閣か清水寺を観に行くつもりだったのが、狐がいってひなたが聞かなくてな」

だんだん、霧が晴れるように当時の記憶の断片が蘇ってくる。

京都。みたらし団子。伏見。丁稚羊羹。狐のお面。雀の串焼き……

食べ物の記憶ばかりが鮮明に脳裏を過るが、その瞬間、ひなたの中で何かが繋がった。

「ひったくり！」

「そうそう、ひったくり。よく憶えてたな」

ひなたは京都に可愛らしいポーチを持って行った。

お気に入りのポーチで片時も手放すつもりはなかったのだが、伏見稲荷は見るのもすべてが面白く、それら全部にいちいち触ってみないと気の済まないひなたには早々にポーチを持つのが億劫になってしまった。だから草平に預けたのだ。

中には大した金額が入っていたわけではない。

それでも、気に入っていたから京都まで持って行ったわけで、ひったくられた時の衝撃は凄まじかった。

ポーチをひったくられたのは、最寄駅から伏見稲荷へ向かう参道を登って漸く大鳥居の見えた辺りでのことだ。

手慣れた所作で、草平の手からポーチをひょいと抜き取る犯人。

その手管は、まさに電光石火。

修学旅行生と観光客でごった返す人混みの中を縫うようにして歩く草平とひなたの脇を、ひったくりはあっという間に駆け抜けた。

「神社でひったくりとは罰当たりな奴もいたもんねぇ」

頬杖をつき、奈々海が二枚目の煎餅に手を伸ばす。

「罰当たりも罰当たり。でも、やっぱり神社じゃ悪いことはできないもんだね」

ひったくり！　とひなたが声を上げるや否や、犯人の襟首をひょいと掴んで捕まえてくれた青年がいたのだ。

名前はヤジマじゃなくて、確か……

「矢澤(やざわ)さん、な」

「ああもう！　喉まで出かかってたのに！」

草平が助け舟ではっきりと思い出した。助けてくれたあの青年は、矢澤という名だ。

「ありがとう」

「いや、ちょうどいい位置に立ってただけだから」

ひなたが心の底からのお礼を言うと、矢澤青年は照れくさそうに頭を掻いた。

すぐに駆け付けた警官に犯人を引き渡した後、三人して参道沿いのうどん屋に入ったのは、矢澤が礼金を断ったからだ。

草平とひなたはなんとしてもお礼がしたいが、矢澤は大したことでは、と譲らない。妥協案として、草平が矢澤にうどんを奢るということで決着がついた。

「ちょうどお腹が空いていたんですよ」

聞けば矢澤の方は御参りを終えて帰るところだったという。

たまの休みに朝から伏見稲荷まで参ったのは、仕事の上達をお願いするためだ。

「じゃあ、矢澤さんも料理人で」

「まだ駆け出しですが」

老舗料亭の板前見習いという矢澤と、大衆居酒屋の店主である草平。

名物のきつねうどんを食べながら、意外な共通点に話が弾む。

立場は違えど、料理を志すという意味では同道の士だ。

得意料理から東西での料理の工夫の違いまで、話題が尽きるということがない。

ひなたはと言えば、二人をよそに重大な問題に頭を悩ませていた。

関西ではお揚げののったうどんだが、関東ではお揚げののった蕎麦が出る。どうして関東と関西では「きつね」と注文して出てくる料理が違うのか。

この答えは、大人になった今でもよく分かっていない。

「葦村さんの話を聞いていると、いつか居酒屋か小料理屋をやってみたくなりますね」

「なかなか大変です。うちは仕出し弁当をやりはじめて、どうにか軌道に乗ったくらいで」

草平は矢澤という青年のことが甚く気に入ったようだったが、連絡先などは特に交換することなく、互いに礼を言って別れた。

「お父さん。矢澤さん、いい人だったね」

「そうだな」

一期一会だな、とこの時に草平が呟いたのを、ひなたは何故か不意に思い出した。

旅先で偶然助けられたというだけの相手だ。

互いの人生で、きっとそこでしか関わらない、一瞬の出会いと、別れ。

「あの人が父さんに言ってたみたいに居酒屋でもはじめてたら面白いね」

「もうずいぶん経ったから、本当に店の一つでも構えてるかもな」

矢澤青年の立ち居振る舞いは記憶の中で朧気だが、真面目で受け答えもしっかりしていたから、暖簾分けか小さな店を出していることは十分にあり得る。

「人気店になってたりして」

「そうだな」

そう答える草平の横顔はどこか楽しげだ。

「いいな。京都旅行。楽しそうで」

三枚目の煎餅に手を伸ばしかけて、奈々海は自制するように小さく溜息を吐いた。妹ながらにひなたと違って計画性がある。たまには羽目を外したり無軌道なことをしたりしてくれれば、と姉としては思うのだが、これもまた性格なのだろう。

「その時って、何かお土産はなかったの？　写真とか」

尋ねられてひなたは首を捻る。

そんなものを買った記憶はないし、当時はカメラなんて草平は持っていなかった。

「何か思い出の縁（よすが）に買っておけばよかったかな」

草平が煎餅を食べやすいように割りながら言う。

「思い出の縁なら、あるぞ」

「えっ、何かあった？」

矢澤と別れた後、二人は伏見稲荷に参詣した。

さすが日本の稲荷社で最大というだけのことはあり、大小さまざまな社が立ち並び、数え切れないほどの参拝客が詣でている。

山手の方へ登っていくと千本鳥居があるが、その手前に「おもかる石」という石があった。

願い事をしながら持ち上げると、不思議なことにその願いが簡単に叶うなら石が軽く、困難であれば重くなるという伝説のある石だ。

草平は伏見稲荷に参るまでその存在を知らなかったが、名が知れているようで、多くの参詣者が二つ並んだ重軽石のどちらを持ち上げるかと列をなして待っていた。

「願うなら、商売繁盛か」

ここに来るまでの社にも賽銭を投げて、家内安全と健康祈願、商売繁盛を祈ってきた。

家内安全や健康祈願は重軽石の趣旨とはなんとなく離れる気がする。

商売繁盛を祈って、軽く持ち上がればいい。

仮に重かったとしても、そこは努力すればなんとかなるだろう。

仕出し弁当をはじめてから、店の経営は上手くいっている。ただ、目玉となる商品がないという弱点があった。

名物や目玉なんてなくてもいいとも思うのだが、あればそれに越したことはない。

商売繁盛よりも、目玉商品開発を願ってみるか。

そんなことを考えている内に、行列は草平の番になった。

繋いでいたひなたの手を放して、石に手をかける。遠目に見ていたよりも、大きい。

「目玉商品が思いつきますように」

人に聞こえないように口の中で小さく唱えた。

腰をやっては商売に障るから、下半身に力を入れて、一気に持ち上げる。

ふわり。

羽毛のように軽い。

そんな莫迦なと思うのだが、軽過ぎてつんのめりそうになりそうに軽いのだ。

まるで狐にでも化かされたような気分のまま、草平は重軽石をごとりと元の位置へ戻す。

「ね、お父さん。軽かった?」

「あ、ああ……」

後ろの人へ順番を譲りながら、草平はもう一度、重軽石の方を振り返った。

狐にでも憑かれているのだろうか。いやいや、そんな。

「お父さん、お父さん」

「どうした、ひな?」

「私ね、ハンバーグが食べたい」

「ハンバーグか」

ハンバーグを目玉商品にする。悪くないかもしれない。

しかし、どのように差別化すればいいだろうか。

「あのおもかるいしくらい、でっかいハンバーグ」

「でっかいハンバーグか」

「うん、でっかいハンバーグがいい！」


「それが、うちのごろごろハンバーグの誕生秘話ってこと……？」

湯呑を弄びながら、奈々海が固まっている。

まさかそんな由来があるなんて思いもよらなかっただろう。

腰痛で店が休み休みになるまでは、ごろごろハンバーグと言えばそれなりに名が知れていたし、結構儲けさせてももらった。

「いやぁ……全然憶えてなかった」

ひなたが苦笑いしながら煎餅を頬張る。

「そういうもんだよ。きっかけなんて、本人は憶えてないもんだ」

だからこそ、人生は面白い、という気がするのだ。

草平もきっと、どこかの誰かの人生にちょっとした影響を与えているだろう。

その結果は、神か狐でもないと知らないのだろうが。

この物語はフィクションです。作中に同一の名称があった場合でも、実在する人物、団体等とは一切関係ありません。

本書は二〇二二年四月に小社より刊行した単行本に加筆修正し、新規エピソードを加え、文庫化したものです。

カバーイラスト彩色：転

宝島社
文庫

異世界居酒屋「げん」
（いせかいいざかや「げん」）

2023年10月19日　第1刷発行

著　者　蝉川夏哉
発行人　蓮見清一
発行所　株式会社 宝島社
〒102-8388　東京都千代田区一番町25番地
電話：営業 03(3234)4621／編集 03(3239)0599
https://tkj.jp

印刷・製本　株式会社 広済堂ネクスト

First published 2022 by Takarajimasha, Inc.
Printed in Japan
ISBN 978-4-299-04832-5